ホーンテッド・キャンパス

最後の七不思議

櫛木理宇

角川ホラー文庫
22261

CONTENTS

HAUNTED CAMPUS

Characters introduction
八神森司
やがみ　しんじ
大学生（一浪）。超草食男子。霊が視えるが、特に対処はできない。こよみに片想い中。
灘こよみ
なだ　こよみ
大学生。美少女だが、常に眉間にしわが寄っている。霊に狙われやすい体質。
イラスト／ヤマウチ　シズ

HAUNTED CAMPUS

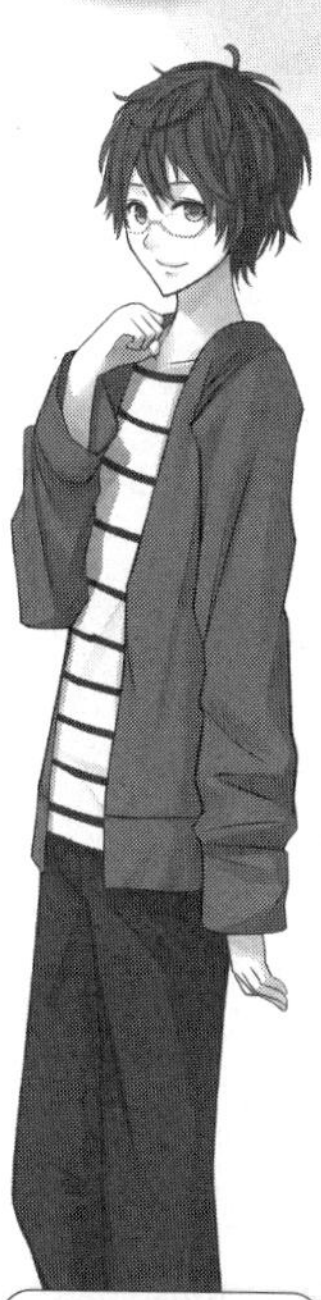

黒沼麟太郎
くろぬま　りんたろう

大学院生。オカ研部長。こよみの幼なじみ。オカルトについての知識は専門家並み。

三田村藍
みたむら　あい

元オカ研副部長。新社会人。身長170cm以上のスレンダーな美女。アネゴ肌で男前な性格。

黒沼泉水
くろぬま　いずみ

大学院生。身長190cmの精悍な偉丈夫。黒沼部長の分家筋の従弟。部長を「本家」と呼び、護る。

HAUNTED
CAMPUS
鈴木瑠依
すずき　るい
新入生。霊を視ることができる。ある一件を通じ、オカルト研究会の一員となる。

小山内陣
おさない　じん
歯学部に通う大学生。甘い顔立ちとモデルばりのスタイルを持つ。こよみの元同級生。

プロローグ

HAUNTED CAMPUS

クリスマスは、毎年やって来る。

当然の話だ。人生が八十年だとしたら、人はクリスマスを八十回体験できる。

だが恐ろしいことに、同じクリスマスは二度とやって来はしない。

サンタの来訪に胸をときめかせた五歳のクリスマスも、はじめて家族でなく友人と過ごした十七歳のクリスマスも、ふたたびは体験できない。泣いても笑っても、人生は一度きりなのだ。

——そしておれにとっても、大学三年生のクリスマスは二度と来ない。

アパートの自室にあぐらをかいて、八神森司(やがみしんじ)はとある冊子に見入っていた。

昼のうちに繁華街へ赴き、こっそりもらってきた某ジュエリーショップのカタログである。ピアス、ネックレス、リングとページが分けられており、さらに『クリスマス限定ジュエリー』などという魅惑的なページまで存在する。

——そろそろこよみちゃんに、こういったものを贈ってもいいのではないか。

誌面を睨(にら)みつつ、森司は思った。

脳裏には長年の想い人こと、灘こよみの笑顔が浮かんでいる。

去年は彼女にキイケースをプレゼントした。一昨年は彼女が好きそうな、猫デザインのケーブルホルダーをあげた。どちらも熟慮の上でのことだ。アクセサリーを贈りたい気持ちはやまやまだったが、付きあってもいないのに高価な品をわたすのは、怖がられそうでできなかった。

そういえばホワイトデイのお返しに「指輪なんてどうでしょう」と藍さんに相談し、げんこつで叱られたこともあった、と思い出す。

いま思えば、じつに正しい教育的指導であった。恋心というのはたやすく暴走しがちだ。だからこそ、止めてくれる良識ある先輩や友人が必要なのだ。

——ありがたいことに先輩たちには恵まれた。というわけで次は——。

「こ、……恋人にも、恵まれていいのでは」

そう口に出してつぶやく。

数秒固まってから、森司はゆっくりと横に倒れた。そして床の上を、左右に激しく転がった。その顔面は真っ赤で、耳たぶまで朱に染まっていた。

恋人。彼女。ステディ。パートナー。ガールフレンド。交際相手。

——いかん。どの単語も破壊力が高い。

二十回ほど転がってから、森司は起きあがり、ぜいぜいと肩で息をした。

もしも、もしもだ。もしあの子に彼女になってもらえるとしたら、おれにとっては初彼女だ。つまり初恋人だ。それだけでも人生の重大事だというのに、相手があの、よりによってあの……。

森司はカタログを拾い、めくった。食い入るようにページを見つめる。

――さすがにまだ、指輪は早いよな。

うん、それは正式に付きあってからのほうがいい気がする。いきなり指輪、しかも薬指用にいくのは、性急かつ独占欲の強い男と思われて引かれそうだ。

ではネックレスが無難か――と思ったものの、なんだろうこのデザインの多さは。ハートモチーフひとつ取っても、百以上ありそうだ。一万円台から揃っているのはありがたいが、ハートにリボンにクローバーに馬蹄、十字架にティアドロップ。種類が多すぎて目がまわりそうだ。

数分後、森司の脳天からぷしゅう、と湯気が抜けた。

ふたたび床に倒れる。完全にオーバーヒートであった。

「駄目だ」

森司は倒れたまま呻いた。

「このままでは駄目だ。……まずは頭を冷やさないと。そうだ、外を一周走ってこよう。そうしよう」

頃は十二月初旬。道路にまだ雪はない。

この時季の外気温は、平均三、四度といったところか。温暖化でだいぶ過ごしやすいとはいえ、夜ともなればぐっと冷えこむ。

森司は手早くランニング用のジャージに着替えた。

冬仕様としてウインドブレーカーを羽織り、ニット帽と手袋もはめる。もちろんマスクも忘れてはならない。この季節の口呼吸は、たちまちウイルスを吸いこんでしまう。クリスマスを目前にして高熱で倒れたくはない。

愛用のシューズを履き、屈伸を終えて、森司は外へ飛びだした。

まずはいつものコースを走る。信号を三つ、順調なペースで超える。吐く息が、視界の邪魔になるほど真っ白だ。

コースなかばで、右折して道をそれた。向かった先は小中学校のグラウンドだった。

十二月ともなれば、陸上の競技大会は一気に減る。短距離選手の多くは鍛錬期に入り、代わりに駅伝やマラソンの大会が耳目を集めることになる。世間的にも冬の陸上といえば、箱根駅伝や元旦競歩、各国際マラソンなどがイメージされるだろう。

しかしその陰で、ひっそりと動きだす選手たちがいる。

なぜなら夏秋の大きな大会が終われば、たいていの陸上競技場や体育館が空く。つまり一般人でも、安価にトラックとフィールドを使うことができるのだ。中規模な社会人大会や少年部大会にとっては、著名な選手たちがシーズンオフに入った頃がチャンスなのである。

というわけで市立初浪小中学校の兼用グラウンドでは、その日も社会人陸上チームが来たる大会の練習にいそしんでいた。

　顔見知りの永橋が、森司を見つけて片手をあげる。

「よう、八神くん」

「こんばんは。今夜も見学させてもらっていいですか？」

　森司が会釈すると、永橋は笑った。

「もちろん。というかきみも走っていけば？　二、三本ダッシュすれば、体も頭もすっきりするぜ」

「いいですね。でもみなさん練習してますし、お邪魔でしょう」

　森司は目を細めてトラックを見やった。

　ナイター用のLED照明のもと、選手たちが白い息を吐きながらウォーミングアップしている。アキレス腱を伸ばす者、片足立ちで体幹のバランスを確認する者、スクワットする者。スプレー式鎮痛消炎剤の香りが、ここまで漂ってくる。

「大会はいつなんです？」

「二十日だ。おれはマイルリレーの第二走者として出る予定」

「最終種目のリレーかあ、花形じゃないですか。頑張ってください」

「女房も見に来るんだ。ちょうどクリスマス前だしな。プレゼントのひとつになればいい、と思ってるよ」

　奥さんがいたのか、と森司はすこし驚いた。とはいえ永橋は見たところ二十七、八歳だ。既婚でもおかしくない年代である。

——クリスマス前に勝利をプレゼントか。恰好(かっこう)いいな。

素直にそう思えた。

その後、永橋の厚意で森司はトラックに入れてもらい、百メートルを二本走ってから帰宅した。


事態が急転したのは、数日後のことだ。

森司は通い慣れた、雪越(せつえつ)大学部室棟の廊下を歩いていた。予算の乏しい国立大学の部室棟はただでさえ寒いが、森司が所属するサークルの部室は、中でもいっとう北端に位置する。あと一箇月もすれば窓は凍り、軒に氷柱(つらら)がずらりと垂れ下がる。

引き戸の金具へ、袖(そで)越しに手をかけた。静電気予防のためだ。横に一気に引きあける。

「こんちわーす……あれ？」

森司は目をしばたたいた。

思いがけぬ顔が部室内にいたからだ。先日も会った、社会人陸上チームの永橋である。

「やあ八神くん。きみにお客さんだよ」

上座から、黒沼麟太郎(くろぬまりんたろう)部長がにこやかに声をかけてくる。

「大学名とフルネームしかわからないから、学生課にかけあったんだそうだ。そしたらこの部室へ案内されたんだってさ」

「ああ……はい、そうですか」

森司は間の抜けた相槌を打った。

大学名とフルネームを頼りに、永橋さんがおれを探した？　学生課にかけあってまで？　理由がさっぱりわからなかった。

彼に探される覚えはない。とくに親しくはないし、貸しも借りもないはずだ。ジョギング中にたまたまグラウンドを通りかかり、練習を何度か見せてもらって、すこし立ち話する程度の関係になっただけで——。

頭の横にクエスチョンマークをいくつも飛ばす森司に、永橋は申しわけなさそうに会釈した。大股で一歩近づいてくる。

「いきなり来て、ごめん。でもきみにどうしても頼みがあって」

「え？　はあ、なんでしょう」

逆に、思わず森司は一歩さがった。永橋から、えもいわれぬ圧を感じたからだ。彼は真剣だった。目の色が違った。

「じつはだな、四百メートルリレーの第四走者が昨夜、腸閉塞で入院してしまって」

「えっ」

森司はのけぞった。

それは一大事だ。腸閉塞も大ごとだが、リレーの第四走者といえばつまりアンカーである。勝利を託すアンカーが緊急入院では、チーム全体の危機と言っていい。

永橋の背後には、こよみと藍がいた。心配そうに永橋を、そして森司を交互に見つめている。その視線をいぶかしく思う森司に、

「八神くん」

すがるように永橋は言った。

「頼む。——あいつの代わりに、第四走者として出場してくれないか」

第一話　壁の美人画

1

「掛け軸に描かれた女が抜けだして、夜な夜な家じゅうを這いずる……なんて話、はたして信じていただけるでしょうか？」

教育学部の古舘文音と名乗った女子学生は、いかにも自信なさそうにそう切りだした。

「もちろん信じるよ。こよみくんの後輩が言うことだもん」

加湿器の蒸気を背に、黒沼部長がうなずく。

ところは雪越大学オカルト研究会の部室だ。構内の北端に建つ部室棟の中でも最北端に位置するが、室内は十二分にあたたかい。部長の黒沼が、アパートに帰らずつねに居座っているせいだ。

めずらしく今年は、オカ研部室もクリスマス仕様に飾りつけられていた。

元副部長の三田村藍が持ちこんだリースが窓際に吊るされ、長テーブルの端には小型のクリスマスツリー。魔術師アレイスタ・クロウリーのポスターさえ、フォトショップで加工した〝サンタ帽バージョン〟にすげ替えられている。

「まあまあ、そう硬くならないで。あ、このトリュフケーキ美味しいよ。どうぞ遠慮しないで食べて。やっぱり冬はチョコレートだよねえ。あったかい部屋で食べる、アイスとココアとチョコは最高」

部長は早くもふたつめのトリュフケーキにフォークを入れていた。遠慮もなにも文音自身が持ってきた手土産なのだが、頓着する様子はない。

レンジであたためたばかりのケーキはフォークでさっくり切れ、断面からソース状のチョコレートをとろりと溢れさせた。

部長の右隣に座ったこよみは、文音に励ますような視線を送っている。左隣には森司と、同じく部員の鈴木瑠依が座っていた。平日ゆえ藍は仕事、部長の従弟である泉水はバイトで不在だ。

——しっかし、気の毒なほど怯えてるなあ。

椅子の上で身を縮める文音を見て、森司は同情した。

確かにオカルト研究会の部室なんて、好んで来たがる学生はすくない。とはいえ、べつだん妖怪や幽霊が巣くっているわけではないのだ。ここまでびくびくしなくてもよさそうなものだ。

——さすが、事前にこよみちゃんが「気が弱い子なので、大きな声は出さないであげてください」と頼むだけのことはある。

色白で小柄で、線が細い。服装や化粧はいたって地味づくりだ。いかにも内気そうな態度を含め、檻の隅で草を食むうさぎを思わせる女子学生だった。

「古館さん、とりあえず話してみて」

黒沼部長がうながした。

「ぼくらはきみを、急かしも笑いもしない。相槌が無用なら、それも控えるよ。話の邪魔になることはいっさいしないから、独りごとのつもりで話して。大丈夫、もし言葉に詰まっても、こよみくんが助け舟を出してくれるからね」

「は、はい」

文音はうなずいた。緊張で頬を強張らせ、両手を膝の上で固く握っている。

大きく彼女は息を吸いこみ、

「せ、――先週のことなんです」

と言葉を押しだした。

「わたしには大叔父がいまして、普段あまりお付きあいのない人なんですが、ええと、その大叔父が、急に入院したんです。すみません、話が下手で。あの、とにかく、伯母と一緒に、大叔父の家へお掃除に行ったときのお話なんです――」

2

「だからね、わたし言ってやったのよ。『いい加減にしなさい、みっともない』って。だって、口で言わなきゃわからないんだもの。はっきり指摘してやったほうが親切ってものでしょう。そうでなきゃ、あの人ったら――」

後部座席でふんぞりかえって話しつづける伯母に、

「はあ……」

ハンドルを握る文音は、そう吐息のような相槌を打った。

――どうしてわたしって、こう押しに弱いんだろう。

「当たりが柔らかい」と言えば聞こえはいいが、実際は気が弱くてNOと言えない性格なだけだ。だからいまもこうやって、せっかくの日曜だというのに親戚（しんせき）の運転手役をさせられている。

道行きの相手は、強引で口うるさいと評判の伯母である。そして行き先は、親しくもなんともない大叔父の家だった。一日ただ働きだとわかっている。なのに、なぜ断れないんだろう。

――遺伝ではないはずだ。

伯母はこのとおりだし、父も母も物怖（ものお）じしない人たちである。大叔父にいたっては、こだわりと我（が）が強すぎて「変人」の域に入っている。そう、わたしのこの性格は、後天的につくられたものだ――。

脳裏に、健助（けんすけ）の顔が浮かんだ。

彼は文音の都合など考えず、早朝だろうと深夜だろうと彼女を呼びだす。太ってもいない文音を「ブタ」「デブ」としつこくからかい、反応を見てはにやにや楽しむ。

邪険にするくせに、文音がどこでなにをしているか異常に気にする。ＬＩＮＥの返事が二分以上遅れると激怒して、すくなくとも三日は責めつづける。

「文音、なんであんなのと付きあってんの？」

友人にそう訊かれたことは、一度や二度じゃない。

「ブサイクだし、性格も悪いじゃん。おまけに光桐学院の美工学部でしょ？　みんな言ってるよ。あそこはタチの悪いやつしかいない。学部全体がヤリサーみたいなもんだって。早く別れなよ。文音なら、同じ雪大でいくらでも彼氏できるって……」

信号が青に変わった。

右折レーンに入った文音は、対向車が途切れるのを待ってハンドルを切った。

――ブサイクだし、性格も悪いじゃん。

――早く別れなよ。

わかってる。友人に言われるまでもなく、別れたほうがいいなんて自分が一番よくわかっている。でもそれができないからこそ……。

「ちょっと、文ちゃん。さっきの道はまっすぐでよかったんじゃない？」

伯母の金切り声が、文音の夢想を裂いた。

「こんな道、通ったことないわよ。遠まわりしてない？　やだわ、そりゃ若い人は時間が無尽蔵にあるでしょうけど、あたしらみたいな年寄りは一分一秒だって貴重なのよ。もっと気を付けてもらえる？」

「すみません」

文音は小声で謝った。カーナビの指示どおり走っただけです、という反論は、胸の奥底まで呑みこんだ。


大叔父の家に着いたのは約十五分後だ。

『古舘』の表札をいただいた楼門は大仰で、屋敷でなく寺院と間違われることも多い。同じく仰々しいほど広い庭は、庭師が入った様子もなく荒れ果てていた。この季節ゆえ雑草は枯れているものの、夏には藪蚊がひどいだろう。池の水は干上がり、鹿威しの竹が無残に割れている。

元士族である古舘家が没落したのは、江戸末期から明治にかけてのことだ。倒幕うんぬんとは関係なく落ちぶれたらしいが、くわしく聞いたことはなかった。

ともかく二百年を超えて残っているのは、いまやこの屋敷と土蔵のみである。長男が早世したため、末っ子かつ次男の大叔父が土地と家屋を相続した。

しかし、その大叔父も今年で八十二歳だ。生涯独身で子供もない彼が、心臓を悪くして倒れたのは先月中旬のことだった。即入院となり、同意書の保証人がどうのこうので、伯母や父たちがきりきり舞いする羽目となった。

「うわあ、ひどい蜘蛛の巣」

屋敷に一歩入って、伯母が顔をしかめる。

「黴くさいわあ。こんなところに長年住んでたなんて、ほんと信じられない。うわ、見てよあの綿ぼこりの厚さ。天井裏なんて鼠の巣じゃない？　きっと糞と死骸だらけよ。鳥肌立っちゃう。ああ、やだやだ」

そんなにいやなら来なければいいのに、と文音は思う。むろん口には出さない。胸の内でつぶやくだけだ。言えたら苦労しない。面と向かって言える性格だったら、いまこの場になんかいやしない。

代わりに文音は尋ねた。

「大叔父さんの容態は、どうなんですか？」

「ひどいもんよ」

スリッパもないのね、まったく、とぼやきながら伯母が言う。

「病気のかたまり。病気が人間のかたちをしてるようなものよ。知ってる？　叔父さんったら、成人してから一度も健康診断に行ってなかったんだって。呆れちゃうわねえ。就職も結婚もしたことない世捨て人なんて、あんなもんなのかしら。心臓病に糖尿に、高血圧に痛風に白内障。おまけに未破裂動脈瘤の疑いありで、腎機能まで弱ってるんですって。あれで、よく八十二歳まで生きたわよ」

鼻息も荒く吐き捨てる。

文音はあいまいな相槌を打ち、伯母のあとを追って歩いた。

「まあ倒れる前に『病院に行け』と勧めたとこで、聞きゃしなかったでしょうけど。元士族の末裔だなんだって、プライドばっかり高くてね。ふん、たかが没落士族じゃない。わが叔父ながら、馬鹿かと思うわ。プライドじゃごはんは食べられないし、病気だって避けていってくれないのにさ」

「はあ」

文音の応えを待たず、伯母は勢いよくガラス障子を開けた。

平屋づくりのだだっ広い屋敷は、部屋数が十二ある。客間がふたつ、座敷がふたつ、囲炉裏を切った居間と、炉なしの居間がひとつずつ。もとは客人や家人が多かったのだろう。使用人用の部屋まで三間あった。

しかし大叔父は、奥座敷の十畳間しか使っていなかったらしい。万年床の前にテレビを置き、電気ポットやレンジまで持ちこんでいた。レンジのまわりには弁当の空容器が積まれ、同じく空のペットボトルが散乱している。

銀糸をあしらった織部縁の畳は、食べこぼしの跡だらけだ。花鳥を四枚つづきで描いた豪奢な襖にも、汁汚れの手形がべたべた残っていた。

「だから家政婦を頼めって、何度も言ったのに」

黴だらけの弁当容器を踏みかけ、伯母は大げさに足を引っこめた。

「ちょっと文ちゃん、このゴミ全部拾ってちょうだい。あ、もちろん分別してね。やだわ、こんなところにも空き缶が落ちてる。ゴミ袋の大きいの、十枚持ってきたけど足りるかしら……」

母屋を掃除していたらきりがないと悟り、伯母と文音は庭へと下りた。庭木の荒れ具合を見るためではない。土蔵を確認したかったからだ。

海鼠塀の土蔵は、敷地の北東にひっそりと建っていた。

火事除けの縁起ものだろう、閉ざされた扉の真上で鯱の飾り瓦が尾を立てている。扉には漆喰で、古舘家の家紋が描いてあった。

鍵のありかは伯母が知っていた。大扉を開けると格子戸の中扉があらわれ、そこにも錠前が下がっている。大扉用より細い鍵で開錠し、さらに内扉を開ければ、やっと土蔵の中に入れる仕組みであった。

「うっぷ、埃くさい」

嘆きながら、伯母が壁に手を伸ばす。天井の裸電球がともった。

窓のない蔵内が、ぼうと照らしだされる。電球は切れかけているのか、ひどく薄暗かった。目が慣れるに従って、山と積まれている桐箱や、得体の知れない陶器や刀剣のたぐいが見てとれる。

「言っとくけど、価値のあるものなんか残ってないからね」

伯母が釘を刺すように言う。

「めぼしいものは、ご先祖さまがとっくにお金に換えちゃったの。ここに残ってるのはがらくただけよ。目の色変えたって無駄ですからね」

さすがに文音はむっとした。

目の色なんか変えていないし、骨董（こっとう）をちょろまかそうと思って来たわけでもない。休日をつぶして付きあったというのに、こんな言い草はあまりに無礼だ。せめてもの反抗に、文音は伯母から顔をそむけた。

そして、目を見張った。

積まれた桐箱がつくる壁に、一幅の掛け軸が掛かっていた。

なぜか正面でなく、そびえる桐箱の壁に向けて掛けてある。並み居る骨董に隠れているのに、奇妙な存在感があった。

数秒、文音はその掛け軸に見入った。

江戸時代の品だろうか。画法が歌麿（うたまろ）や広重（ひろしげ）の時代のそれだ。一見、なんの変哲もない美人画に見える。菊川英山（きくかわえいざん）の『はつはな』に近いポーズに見えた。

両の肩をすぼめ、首をやや前へ突きだしている。菱模様（ひしもよう）の帯。淡紫（あわむらさき）から濃紫（こいむらさき）へグラデーションを成す大振袖（おおふりそで）。華やかな袖に包まれた両手の指さきは見えない。

結い髪に何本も挿された簪（かんざし）の豪華さからして、花魁（おいらん）だろうか。腰のあたりまでを描かれた、典型的な江戸の美人画であった。

——なにもおかしなことはない。

ただの絵だ。ただの掛け軸だ。なのに、なぜこんなにも目がそらせないんだろう。

なかば無意識に、彼女が掛け軸へ一歩近づいたそのとき——。

「うわ、なんだよこれ。ゴミ置き場かぁ？」

聞き慣れた声がした。反射的に、文音は体ごと振りかえった。

今年の流行りだが、すこしも身についていないチェスターコート。丈の長すぎるワイドパンツ。白く膿んだにきびが、いくつも散った頰。

予想したとおりの顔がそこにいた。井野健助だ。

「井野くん。……どうして、ここに」

呆然と文音は問うた。朝のうちに「伯母と出かける」と健助にメールしておいた。でも返事がなかったから、忙しいんだろうと思っていたのに。

棒立ちの文音に、健助は得意げにスマートフォンをかざして見せた。

「GPSで一発。それにここらじゃ、古舘って家は一軒しかなかったしな。お、あれが伯母さんかよ？」

無遠慮に伯母を顎で指す。顔をしかめる伯母を無視し、健助は歯を剝いて笑った。

「親戚ん家の掃除って、マジだったんだな。てっきり浮気かと思った。心配して、わざわざ確認しに来てやったんだぜ。愛だよなあ」

「だからって、中まで入ってこなくても……」

文音はもごもごと言った。健助が声を張りあげる。

「なに言ってんだ、入られたくなかったら戸ぉ閉めとけよ。てめえで開けっぱなしにしといて文句言うな。自己責任って言葉知らねえのか、バーカ」

大声の罵倒に、文音の体がびくりとすくんだ。声が喉に詰まる。言いかえせなくなる。いつもこうだ。ただでさえ気が弱いのに、健助の前ではことさらに気後れしてしまう。われながら、まるで蛇に睨まれた蛙だ。

「ここを掃除すんの？　へー、ご苦労さんなこって」

健助がぐるりと土蔵の中を見まわしかけ、「おっ」と目を留める。

「これ、なんか知らねえけど高そうじゃん」

背後にかかっていた銅鏡を、はずして手にとった。

「なんとか鑑定団、みたいなのに出したら十万くらいになるんじゃね？　この近くに骨董屋ってあったっけか。今夜の飲み代にはなるかな」

「ちょっとあなた、そんな勝手に……」

見かねた伯母が諫める。しかし健助はきれいに無視して、

「売れなくても、ＳＮＳのネタにはなりそうだよな。うちの祖父さんの持ちもんってことにしよ。借りてくぜ、これ」

「あ……」

文音は立ちすくんでいた。駄目、と言いたかった。なのに言葉が出てこない。その間に健助は手で銅鏡の埃を払い、当然のように小脇へ抱えてしまう。

足早に、健助はきびすを返して出ていった。「じゃあな」や「またな」の挨拶すらなかった。

「――文ちゃん。ちょっと、なんなのあの人」

柳眉（りゅうび）を逆立てた伯母が駆け寄ってくる。怒りで頬が歪（ゆが）んでいた。

「まさか彼氏なの？　あんなのと付きあってるの？　悪いことは言わないから、お別れしなさい。いいわね？　すぐ別れるのよ」

「はあ……」

それができたら苦労しません、と言いたいのを、文音はまたも奥へ呑（の）みこんだ。

健助が去ってのち、文音と伯母は土蔵の掃除に取りかかった。

まずは桐箱をあらかた土蔵の外へと出す。簀（す）の子（こ）を外壁に立てかけて乾かす。床を竹（たけ）箒（ぼうき）で掃き、天井の蜘蛛（くも）の巣を払う。――と、そこまで終えたところで、伯母のスマートフォンが鳴った。

「あら、病院からだわ。ちょっと待って」

埃除けのマスクをはずし、土蔵から出ていく。数分後、伯母はあたふたと駆け戻ってきた。

「文ちゃん、ごめんなさい。叔父（おじ）さんの具合が悪くなったらしいの。わたし、行ってこなくちゃ。ああいえ、文ちゃんはいいわよ。わたしはタクシーを捕まえるから、あなたはここをお願いね」

「えっ、お願いって……」

「ええと、配車アプリってどう使うんだったかしら。あ、よかった。すぐ来るらしいわ。じゃ文ちゃん、夜になる前に箱は全部戻しておいてちょうだい。予報じゃ雨も雪も降らないらしいけど……あらいやだ、タクシーがもう着いちゃう」

「あの、伯母さん、鍵」

「じゃあね。あと頼むわよ」

この家の鍵を——と乞う前に、足早に出ていってしまう。追いすがる隙もなかった。あとには文音だけがぽつんと残された。

静寂が満ちる。文音は、あらためてため息をついた。

腹が立つと言うより、悲しかった。

健助にも伯母にもいいようにされて、なにも言えない自分が情けない。大学生にもなってこんなところに置き去りにされ、一人途方に暮れるしかないなんて。

気を取りなおし、文音は母親に電話をかけた。伯母に置いていかれたことと、屋敷の鍵がないので戸締まりできないことを言葉すくなに報告する。

「あら、じゃあ今日はお屋敷に泊まっていけば？」

しれっと言われてしまった。

「えっ、そんな」

「だって鍵がないんでしょ？　あそこ広いし、泊まれる部屋はたくさんあるじゃないの。もし泥棒に入られたら、うちの責任問題になっちゃうしねえ。暖房器具だって、一応揃ってるでしょ」

「暖房はあるけど、でも……」

「ほんと、あの伯母さんって強引よね。お母さん、あの人苦手だわ。文音はよく相手できるわよね、感心しちゃう。じゃあ頑張って」

「お母さ――……」

通話が切れた。

しかたなく文音は、つづけて健助に電話した。無駄とはわかっていた。でも「すぐにそっちに戻る」「おれも一緒に泊まってやる」の言葉が欲しかった。

だが健助は、彼女の訴えを一笑に付した。いや一笑どころか、

「あのお化け屋敷みてえな家に泊まんの？　マジ？　ははは、馬鹿じゃねえの」

「鍵がないって？　知るかよ、中からつっかえ棒でもしとけ。え？　まさかおまえ、襲われるとでも思ってんの？　自意識過剰すぎ。笑える」

と電話口で爆笑した。

文音は無言で通話を切った。

胃がざわつき、呼吸が詰まった。母にも伯母にも健助にも、怒りはなかった。ただ自己嫌悪と失意で、芯まで打ちのめされていた。

その夜、文音は客間に泊まることにした。

大叔父が使っていた奥座敷は食べこぼしで汚れていたし、陽当たりの悪い部屋は壁も畳も黴に侵食されて、かろうじて泊まれそうなのは南向きの客間しかなかったのだ。

暖房器具は、奥座敷から灯油ストーブを運びこんだ。キッチン等の水まわりは、一応覗いてみたが〝惨状〟の一言だった。食器には手を触れる気も起きず、食事はコンビニからお弁当を買ってきて済ませた。

浴室は、キッチンに輪をかけてひどかった。入浴は一晩我慢するほかなかった。文音は顔を化粧水で拭き、バッグに常備の携帯用歯ブラシとリステリンで歯をみがいた。

――布団に困らないのだけは、さいわいね。

そう吐息をつく。

見るからに古いものの、押し入れには上等な絹の布団が何十組も揃っていた。綿まで染みついた樟脳の臭いには閉口させられたが、大叔父の手が入っていないのが逆にありがたい。

早々に布団にもぐって、文音はスマートフォンをいじった。

友達にＬＩＮＥで愚痴ろうか迷い、結局やめた。どうせ「なにやってんの。どうしていやだって言わないのよ」「もっと自己主張しなきゃ。お人好しすぎるよ」と説教されるに決まっている。

――べつに、人が好いわけじゃないんだけどな。

そうだ、他人と比べてとくに性格がいいわけじゃない。福祉の精神に溢れているわけでもない。

ただいつも、いやな役目を押しつけられてしまうだけ。貧乏くじを引かされる身に甘んじてしまうだけだ。

無料動画サイトに繋ぐ。なんとはなしに、大学に入学した頃流行っていたミュージシャンのPVを再生する。

そういえばこの人のライヴ、行くつもりだったなあ、とぼんやり思う。

入学したての頃は、希望に満ちていた。あれもしよう、これもしようと思っていた。新しい出会いに胸をときめかせていた。なのにいまは――。

ひとりでに、まぶたが下りてきた。

眠い。することがないし、布団はあたたかいしで、急激に眠気が襲ってくる。そういえば日中は、土蔵の掃除にこき使われたっけ。疲労で手足がだるい。いつもより早めに眠くなって当然だ。

――寝ちゃっていいや。

どうせ健助は、今夜はもう連絡してくるまい。ここにいることは知らせておいた。なんだったら、スマホの電源は落として……、とまで考えたところで、すうと意識が遠くなる。

手からスマートフォンが落ちたことにも気づかなかった。そのまま、文音は睡魔の手にさらわれていった。

夢を見た。

ひどく鮮明で、リアルな夢だった。

文音は大叔父の屋敷にいた。つまり、この家だ。

誰もいない屋敷に一人残され、文音は客間の真ん中で正座している。なぜか、古い正絹(しょうけん)の着物に丸帯を締めていた。

樟脳が香る。金縛りにでもあったように、体が動かない。客間の障子は開けはなたれており、文音は庭へと繋がる縁側を向いて座っていた。

ああ、これは夢だ。眠りながら文音は思った。

体と脳の疲れが釣りあっていないとき、しばしば鮮明な金縛りの夢を見る。今日もきっとそれだ。意識のどこかが半覚醒(かくせい)している。

屋敷は静かだった。夢の中でも夜らしく、縁側から望む庭は闇に包まれていた。人の声も、廊下をわたる足音もない。鳥の声さえ聞こえない。

なのに——かすかに響く、あの音はなんだろう。

音は、次第に大きくなりつつあった。近づいてくる。音だけでなく、気配を感じる。文音の体は、やはりぴくりとも動かない。

廊下づたいに、音は近づきつつあった。重みのある衣擦(きぬず)れだ、と文音は察した。絶え間なくつづく音の合間に、硬質な金属音が混じる。荒い息づかいが重なる。

障子戸の向こうに、なにかがきらめくのが見えた。

金の簪だ。廊下の奥の闇から、結い髪が覗く。鬢付け油の香りが漂う。そして淡紫から濃紫へ、美しいグラデーションを成す大振袖――。

掛け軸の女だった。

長い廊下に腹這いになっている。身をくねらせて、胴で這いずってくる。同じ簪、同じ振袖だ。掛け軸の絵姿は江戸画風にデフォルメされていたが、同一人物だと一目でわかった。

美しい女だった。瞳が濡れ濡れと光り、かたちのいい唇が紅い。

その顔は、笑っていた。

声もなく笑いながら、うねうねと這い進んでくる。すこしずつ、文音に近づく。まるで巨大な蛇だ。金属音は、女が身をよじるたびに触れ合う簪の音だった。

ああ、喜んでいる。文音は悟った。

どうしてだろう、この女はひどく喜んでいる。文音には理由のわからぬ喜悦だ。顔じゅうで笑んでいた。歓喜が匂い立つようだった。

女は這って、這って、縁側のなかばまで進んだ。そうして首をもたげた両眼が、まっすぐに客間の文音をとらえ――。

そこで、夢が弾けた。

目が覚めたのだ。しかしまぶたをひらいて数秒、文音は動けなかった。

暗い。なにも見えない。真っ先に視認できたのは、鼻先の黒と白だけだった。

ややあって、悟る。なにかが、ひどく間近にあった。抜けるような白い肌。そして漆黒の瞳。凝視してくる。視線がひりつく。

見知らぬ女が、文音を真上から覗きこんでいた。

顔が逆さだ。枕もとに座り、仰向いた文音にかがんで顔を寄せているせいだ。近い。鼻さきが額に触れそうなほど近い。なのに吐息がかからない。いや、息をしている気配さえない。

夢の中で見た女だった。掛け軸の女だ。しかし、いま眼前にいる女は夢ではなかった。瞬きひとつしない眼差しが、文音を射貫く。夢では荒い息を吐いて這っていた女が、いまは呼吸をしていない。

――これは、生きていない。

文音は確信した。

この女は生きているものではない。

人形のような女だった。毛穴の見えない、肌理こまかな肌。紅をさした唇。長い睫毛。大きな黒い瞳。

その瞳に、文音自身の顔が映っていた。くっきりと鮮明だ。己の眼に浮かんだ、怯えの色まではっきり見てとれた。

耐えきれなかった。

文音は悲鳴をあげた。長い長い悲鳴だった。

叫びながら、ようやく声が喉を通った――と彼女は安堵した。日中から溜めていた声が、胃の底から絞り出せた気がした。

女が、文音から離れる。

逃げていく。だが両の足で、ではない。夢で見たのとまったく同じに、廊下を這って客間を出ていく。爬虫類そのものの爬行だ。女のかたちをした、巨きな蛇だった。

振袖越しにも艶めいた、腰と背の曲線がのたうつ。くねりながら、薄闇の向こうへ溶ける。やがて気配ごとふっとかき消える。

文音は悲鳴を止めた。

手足が動くのがわかった。布団から跳ね起きる。全身、汗みずくだった。真冬の夜気で、見る間に汗が冷えていく。

いまのはなに――？　と自問自答した。

夢？　だとしたら、どこからどこまでが夢？

すべてが夢でないとはわかっていた。ここに女がいた。それだけは断言できる。ここにいて、文音を間近から覗きこんでいた。

全身を、悪寒が走った。

枕もとのスマートフォンを拾い、バッグを抱える。家を飛び出しかけて、そうだ、鍵が――と気づいた。

この屋敷の鍵は、手もとにない。戸締まりできぬままわたしが出ていったなら、ここの家財はどうなるだろう。

こんなボロ屋敷に誰も入りやしない、とは思う。でも大叔父(おおおじ)の通帳や土地家屋の権利書が、家内のどこかにあるかも知れない。もし盗まれたら、とても責任なんて負いきれない。

結局、文音は屋敷にとどまった。

その代わり点(つ)けられるだけの電灯を点け、障子をぴたりと閉めきった。布団の上に正座し、空の端が白んでくるまで、同じ姿勢で息を詰めて過ごした。

「……それが、一昨日(おととい)の話です」

文音はそう締めくくった。森司は相槌(あいづち)さえ打てなかった。

――いかん、気持ちが悪いぞ。

爬虫類は苦手だ。おっかなそうな女の霊も嫌いだ。見た目が不気味な霊は、森司がもっとも不得手とするものだった。

雪大オカルト研究会の部員で〝視える〟のは泉水と鈴木、そして森司の三人である。子供の頃からおかしなものを視てきたのだし、いい加減慣れてもよさそうだと自分でも思う。だが、怖いものは怖い。いやなものはいやだ。理屈ではないのだった。

「それで、大叔父さんの容態はどうなの？」

黒沼部長が問う。

文音はうつむいたまま、

「あまりよくないようです。たぶん手術をすることになるようで……。鍵は人づてに届けられましたが、『しばらく留守番してくれ』と伯母(おば)に頼まれてしまいました」

「じゃあ、昨夜も泊まったってこと？」

「はい。あれは気のせいかもしれない、夢だったかも、と思って。……でも、やっぱり昨夜も……」

「出たわけだ」

部長が言い添える。文音は無言でうなずいた。顔を上げず、洟(はな)をちいさく啜(すす)りあげる。

「ああ、泣かないで」

急いで部長は制した。こよみが思わず、といったふうに腰を浮かせる。

部長がなだめ口調で、

「古舘さん、今日の講義は何コマ目まで？　四コマか。じゃあ終わったら、また部室に来てよ。うちのみんなで、屋敷にお邪魔させてもらうとしよう」

行きたくない、と森司は思った。心底思った。

しかし涙ぐむ文音を前にして、そんな台詞(せりふ)はとうてい口に出せなかった。

3

平日昼間のマクドナルドは、七割ほど座席が埋まっている。

森司と鈴木は、奥まった窓際の席を陣取った。森司のトレイには冬季限定のグラコロバーガー、チキンクリスプ、ポテトMサイズに烏龍茶が載っている。対する鈴木はといえば、チーズバーガーにホットティーのみである。

「グラコロはもはや、冬の季語と言っていいよな」

しみじみと森司は言った。

「一度は食わないと十二月になった気がしない。でもしばらく節制しなきゃいけないから、今年はこれが最初で最後のグラコロバーガーだ」

「やる気ですねえ」鈴木が包装を剥がしつつ言う。

「陸上の社会人大会に出るんでしたっけ？」

「いや、出場するつもりはなかったんだけど」

森司は口ごもった。

「ほんとはそんな暇はないんだ。計量経済学のレポートがあるし、ゼミの課題だって残ってる。それにカタログをまだ吟味しきれていないな……」

「カタログ？」

「なんでもない」

森司は咳払(せきばら)いした。追及してくれるな、と言外にこめて、烏龍茶にストローを強めに突き刺す。グラコロバーガーに嚙(か)みつく。

森司はバーガーを咀嚼(そしゃく)しながら、永橋が部室にやってきた〝あの日〟の回想へと心を飛ばしていった。

「代わりに、第四走者として出場――、って」

目を白黒させながら、

「大会っていつでしたっけ」と、あのとき森司は尋ねたのだ。

永橋が即答する。「二十日」

二十日、と森司は鸚鵡(おうむ)がえしにした。二十日といえば十二月二十日だ。つまりクリスマスイヴの四日前だ。

いや無理無理、と思う。まことに申しわけないが、無理だ。その時期は陸上どころじゃない。おれには大事な聖夜のイベントがある。イヴまでにこよみちゃんを誘って、承諾をもらって、プレゼントを決めて、買って、食事する店を予約して、準備万端ととのえてから当日を思ってにやにやするという壮大な計画があるのだ。

「すみませんが、お――」

おれは今年はちょっと、と切りだそうとした。

しかし、視線を感じた。熱量ある眼差しだ。永橋の背後からだった。

森司は言葉を飲み、視線の源を見やって瞠目した。

ほかならぬ灘こよみであった。彼を注視する瞳が、心なしかきらめいている。頬も上気しているようだ。あの表情は——そう、期待と熱望ではないのか。

いつの間にか近くに来ていた藍が、森司の耳にささやく。

「八神くん。こよみちゃんが、きみが走るとこ見たいって」

「えっ」

「きみの走る姿が好きらしいわよ。とくにテープを切る勇姿……」

「出ます」

森司は瞬時に叫んだ。

「永橋さん、まことに光栄です。不肖八神森司、つつしんで第四走者として出場させていただきます。じつは誘ってもらえるのを、心待ちにしていたのです」

——といったわけで、現在にいたるのだ。

「吹きましたねえ」

鈴木が呆れ声で言った。

「そこまで言うたら、吐いた唾飲めませんな。そら出なあきません」

「ああ。自分で自分を追いこんでしまった……」

森司はポテトをつまんで嚙みくだいた。

「しかし、あの場でいやとは言うわけにはいかなかったんだ。それに、出ると決まったものはしょうがない。明日から徐々に節制していくつもりだ——が、今日は食っていい日と決めた。これが食いおさめだ。おれは心おきなくグラコロを食う。パンとパン粉と小麦粉とマカロニでできた、この美味い炭水化物のかたまりを」

そう言ってバーガーの最後の一片を口に入れたとき、

「あれえ?」

と、聞き覚えのない声がななめ上から降ってきた。

「なぁきみ、鈴木くんとちゃう?」

鈴木が向かいの席で、いぶかしげに顔をあげる。だが彼が口をひらく前に、

「あ、やっぱりそうやぁ。間違いないわ」

と声がワントーン調子を高めた。

森司たちのテーブルの脇に立っているのは、同年代と思われる女性だった。

雪大構内ではあまりお目にかかれないタイプだ。毛先をグリーンに染めた金髪に、レオパード柄のファーコート。黒目が異様に大きいのは、カラーコンタクトのせいだろう。

「いやあ、びっくり。あたし、市内の専門学校に通てんのよ。鈴木くんもこっちにいてるなんて知らんかったわ。もう、連絡してくれたらいいのにぃ」

身をよじって、女性はスマートフォンを突きだした。

「えっらいイケメンになったやん。見違えたわ。ねえ、LINE交換しようや」

「いえ、おれスマホじゃないんで。すみません」

鈴木が硬い声で断る。しかし彼女は意にも介さず、

「すみませんてなんやの、他人行儀やなあ。ま、ええわ。これあたしの名刺。なんかあったら声かけてぇな……って、ごめーん、向こうで彼氏が呼んでる。いつでも電話してな。あ、そっちの彼もよろしくぅ」

一方的にまくしたててから、彼氏らしき男がいる席へ駆け去っていく。

「……知り合いか？」

気圧されながら、おそるおそる森司は訊いた。

「小学校時代の元同級生です」鈴木が低く言う。

「はい。おれがいじめられとった頃です」

不快そうに鈴木は認めた。

「あの女、よう覚えてます。おれがいじめっ子に殴られとったとき、後ろで一緒んなって笑ってたやつですわ。あの女本人に足かけて転ばされたり、『オカマか』て指さされて笑われたこともある。なにが『いつでも電話してな』や。阿呆くさ」

吐き捨ててから、

「すんません。……気ぃ悪いですよね。やめましょう」と鈴木は首を振った。

4

古舘文音がオカ研の部室を再訪したのは、午後四時過ぎであった。

文音が運転するヴィッツに部長、こよみ、森司、鈴木が乗りこんで、大叔父(おおおじ)の屋敷へと向かう。常とは違い、こよみは助手席に座った。

古舘邸は、聞かされていたとおりの立派な屋敷だった。しかし見るからに荒れはてている。俗に言うゴミ屋敷ではなく、廃墟(はいきょ)に近い。「三十年ほど空き家です」と説明されたとしても、すんなり信じただろうあばら家ぶりだ。

敷地に一歩入って、鈴木が顔をしかめる。

「いますね」

「ああ」森司もうなずいた。

あきらかに、気配が濃い。鼻さきに匂う甘い香りは、椿油(つばきあぶら)と脂粉(しふん)だろうか。生きていない女、ゆうに二世紀は前に死んだ女の気配であった。

――だが想像したのと、すこし違う。

「じゃあさっそく、くだんの掛け軸を見せてもらおうか」

部長の言葉に従って、一同は土蔵へ向かった。

鍵(かぎ)は文音が開けた。簀(す)の子(こ)の手前で靴を脱ぐよう、うながされる。全員がスニーカーやブーツを脱いで靴下になった。

土蔵の中はあたたかく、ひどく静かだった。

先日の話のとおり、大小さまざまな桐箱が積まれて壁をつくっている。文音たちが換気したせいか、思ったほど埃（ほこり）くさくなかった。上部に明かりとりの窓があるが、ほとんど役に立っていない。電球をともして、ようやく蔵内の全容が見わたせた。

「こちらです」

文音が北側を指す。

掛け軸は、桐箱が成す壁の片隅に掛かっていた。箱と箱との間に空いた凸状のスペースの、ごく狭い空間に吊（つ）るしてある。

「これは、前からここにあったの？　動かしてない？」

部長が尋ねる。「動かしていない」と文音は請けあった。

「なんでこんな不安定な場所に掛けたんだろうね」

首をかしげながら、部長が掛け軸の前へしゃがみこむ。

「ふうむ。現存する浮世絵のほとんどは木版画だけど、これはしっかり肉筆だ。右端に、絵師の署名と落款も入ってる。ええと、署名は……山野上萩宴？　やまのうえしゅうえん、と読むのかな。聞いたことのない雅号だ」

「それにしても、花魁（おいらん）を描いた掛け軸ってめずらしいですね」

腰をかがめて森司は言った。

「掛け軸の題材って、花鳥風月とか水墨の山水あたりがポピュラーじゃないですか？　人物といえば翁と媼とか恵比寿さまとか、縁起ものばっかりだし」

「いやいや、肉筆浮世絵の美人画は、掛け軸としては定番のひとつだよ」

部長が首を横に振った。

「ただし遊女や看板娘が題材になりがちだから、いまの価値観では飾りにくいんだろうね。現代で掛け軸を見るのって、せいぜい座敷の床の間くらいでしょ」

「ははあ。確かに自宅の座敷に飾るには、花や七福神のほうが無難ですね。花魁はいまいちファミリー向けじゃない」

森司は納得した。いま一度、掛け軸をしげしげと眺める。

掛けっぱなしだったのか、保存状態はお世辞にもよくなかった。全体に茶色っぽく変色し、よれて波打っている。

亀裂のような皺がところどころに寄り、ひび割れた箇所の塗料は落ちていた。雨でもかかったのか、一部には水染みができている。おまけに片方の鐶がはずれかけて、傾いていた。

「なぜこれだけ、掛けたっきりにしておいたんでしょう」

と疑問を投げたのはこよみだ。

「ほかの掛け軸は、ちゃんと巻かれて桐箱にしまわれているのに」

「確かにね。ずっと土蔵に吊るしてあったにしちゃ、雨染みや日焼けがあるのも不思議だ。もともとよそに吊るしていたのを、ここに移動させてきたのかも」

つぶやく部長を後目（しりめ）に、やっぱり江戸の美人画ってよくわからないな——と森司はひとりごちた。

どれもこれも全部同じ顔に見える。瓜（うり）のような真っ白い顔に細い目、紅をさしたおちょぼ口。一応モデルに似せたのかもしれないが、素人目にそう思えない。おれにも美人と理解できるのは、やはり竹久夢二（たけひさゆめじ）あたりからだなあ、と再認識した。

部長が文音を振りかえる。

「ねえ古舘さん。きみの大叔父さんは心臓発作で倒れたんだよね。掛け軸の霊を見たせい、という可能性はない？」

「あ、はい。それはわたしも考えたんですが」

文音は慌てたように答えた。

「伯母（おば）の話では、病床の大叔父がお化けだの幽霊だのと口走ったことはないそうです。『女性の話とか、してませんでした？』とも聞いても、『女？　あの叔父さんに、色っぽい話なんてあるわけないでしょ』と、鼻で笑われただけでした」

「そっか。とぼけてるわけでもなさそうだね」

部長は考えこんで、

「前から〝出て〟いたなら、急に発作を起こすのは考えにくい。最近出現したとしても、意識が戻ったとき『女がいた』くらいは訴えるだろうし……」

そこで言葉を切り、

「あれ、どうしたの鈴木くん」と声を上げる。

鈴木は顔をしかめ、喉もとを手で押さえていた。「すんません」と手を振る。

「すんません。その掛け軸は……というかその女は、おれと波長が合いすぎるみたいです。でも、いつもやったら吐き気か頭痛がするのに、今回は……」

「息苦しいか？　わかるよ、〝合いすぎる〟とそうなるよな」

森司は慌てて鈴木の背に手を添えた。その場へ座らせてやってから、部長を振りかえる。

「あの、鈴木ほどじゃないですが、おれも感じます。気配のもとは、間違いなくその掛け軸でしょう。古舘さんから話を聞いたときは、どんなヤバいやつかと思いましたが……。一歩入ってわかりました。あまり怖くないです」

「ほう」

部長は目を見張った。ポケットを探ってデジタルカメラを取りだす。

「そいつは興味深いね。専門家の意見を聞きたいとこだが、この土蔵から動かしていいものかまだ不明だ。まずはデジカメで撮って、画像データから見てもらおうか」

5

　オカ研一同はその足で、寺尾駅前の古美術商『西雲堂』に向かった。

　ひさしぶりに会う店主は、相変わらず陽気で快活だった。

「山野上萩宴？　知らないなあ。でも掛け軸そのものの年代は、おおよそ画像だけでわかりますよ。天保から安政にかけての品でしょう。すくなくとも、江戸末期なのは疑いない。この見立てに、ぼかあ十万円賭けますね」

「賭ける必要はないですよ。でも、ありがとうございます」

　と黒沼部長は微笑んで、

「ところで、小平区の古舘邸ってご存じないですか？　元士族で、土蔵にいっぱいお宝を積んでるお屋敷」と訊いた。

「もちろん知ってますよ。見てくれのわりに掘り出し物はすくないから、うちはお付き合いしてませんが」

「ほう。では〝お付き合い〟してるお店をご存じで？」

「筆頭は白山の『郷古庵』さんかな。ちょっとお待ちください。あそこの店主は一見さんに厳しい。紹介状代わりに、うちの名刺をお渡ししましょう」

　店主はにやりと笑って、

「また面白そうなことを見つけたんですね、うらやましい。暇なときでいいから、顚末を教えに来てくださいよ」と部長を肘で突いた。

白山神社近くに建つ『郷古庵』の店主は、名前のイメージどおり、骨董のごとき男であった。

歳の頃は五十代なかばだろうか。衿なしの白いシャツ、ぺったり後ろへ撫でつけた髪に丸眼鏡と、まるきり大正時代の書生スタイルだ。神経質な仕草で、膝を絶えずこまかく揺すっている。

「雪大の美術サークル？　『西雲堂』さんからのご紹介ね。ふうん。で、本日はどういった御用件で？」

「お忙しいところすみません。じつは小平区の古舘邸が所蔵するお宝について、お聞きしたいんです。こちら、古舘邸の土蔵で撮った画像なんですが」

さっそく部長が、プリントアウトした掛け軸の画像を差しだす。

『郷古庵』の店主は片目を細め、

「ああ、山野上萩宴ね」と言った。

「ご存じですか」

「存じちゃあいますが、著名な絵師とは言えません。古舘氏のお抱え絵師――と言やあ聞こえはいいが、お屋敷の居候同然だったらしい。その代わり主人の言うがまま、いろいろといいように描かされたようですな。ほうほう、なるほど。こいつが噂に聞く『祟りの掛け軸』か」

「祟りの掛け軸？」

森司は問いかえした。店主はデータをためつすがめつして、

「と、まことしやかに言われていますね。……うん、絵そのものはBクラスってとこかな。保存状態はEマイナス。それでも、いわく付きなら飛びつく好事家はすくなくありません。うちで預かってもよろしいですよ」

「ありがたいですが、それはまた次の機会に」やんわり部長が断った。

「問題が、まだ片づいていないものですから」

「ほう、問題とは？」

店主が丸眼鏡を光らせる。

黒沼部長は笑って「そこなんですよ」と言った。

「いままさに現在進行形で、コレクターが喜びそうな事象が起こっていましてね。掛け軸のいわれに、さらに箔が付きそうな——あ、申し遅れました。こちらは古舘邸の現当主のご係累です。つまり次代のご当主」

と文音を掌で示す。

「えっ？　いえ、わたしは」

次代の当主なんかじゃ——と手を振る彼女を無視し、部長はかぶりを振った。

「ただ残念なことに、彼女も現当主もいわく付きの〝いわく〟を正確に把握していないんですよ。祟りの内容が、いま起こっている事象とある程度一致していれば、掛け軸にはさらなる価値が付くんでしょ？」

「まあ、そうとも言えます」

店主が慎重に言った。部長が両手を広げる。

「ですから、古舘邸のお宝と山野上萩宴にくわしい方に、是非お会いしたかった。掛け軸にまつわる〝いわく〟の全容を教えていただくというのが、今日こちらへうかがった理由です。まずはそこを知らなきゃお話になりませんからね。なにも知識を仕入れず、二束三文で買い叩かれるのは御免だ。今後の付き合いを考えれば、お互い気持ちのいい取り引きがしたいじゃないですか」

「ふむ、なるほど」

気づけば店主は膝をひらき、やや前のめりの姿勢になっていた。貧乏揺すりの速度が速まっている。

「ま、いいでしょう。『祟りの掛け軸』には、以前からわたしも興味があった」

音高く手を打って、店主は上体を起こした。

「教えたところで、うちに損はなさそうですしね。お話しいたしましょう。でもその前に、学生証を見せてもらえます？　そちらの古舘氏を名乗るお嬢さんも。……おお、ほんとうに古舘姓だ。ありがとうございます。わたしは楽しい話は大好きだが、かつがれるのは大嫌いでね」

彼は学生証を部長と文音に返して、

「ではまじめますので、ご静聴ください。古舘家を没落させたという『祟りの掛け軸』についての講釈ですよ」

と揉み手した。ふたたび丸眼鏡があやしく光る。

「えー、そちらにおわすお嬢さんのご先祖、つまり古舘氏は、五百石の旗本でした。旗本と言えるのは二百石からですが、それっぽっちではどうしてどうして、家屋敷を維持しながら食っていくにはかつかつです。それらしい体面と格式を保っていられるのは、最低でも三百石を超えてからでした。つまり五百石の古舘氏は、まあまあ立派なお武家だったわけだ。ですから当然、お屋敷には使用人がたくさんいらっしゃった」

そのうち一人が、腰元のお滝です――。店主は言った。

「伝説によれば、お滝は素晴らしい美人だったそうです。旗本屋敷で奉公できるような身分ではなく、もとは貧しい生まれだったらしい。しかしその美貌ゆえ召し上げられ、お嬢さま付きの腰元に出世したというのだから、そうとうな器量でしょう。だが残念なことに、お滝は自分の美貌に溺れてしまった」

店主はプリントアウトした画像の掛け軸を指でなぞって、

「お滝はね、仕えるお嬢さまそっちのけで、日がな鏡の中の自分に見惚れるようになったのです。お嬢さまが琴を弾こうが、歌を詠もうが見向きもしない。出かけた帰りに雨が降れば、片手でお嬢さまに傘を差しかけ、もう片手で鏡を取りだす始末だったそうでね。呆れたお嬢さまは父親、つまり屋敷のあるじに『あれは駄目。代わりの腰元を』と頼んだわけです。事情を聞かされたあるじが、まあ怒るの怒らないのって――。『身分の低い娘に目をかけて召し上げてやったのに、この恩知らず』と、二日二晩かけてひどい折檻をなすった」

「そのお滝さんが、掛け軸に描かれた美女ですね」

　部長が合の手を入れる。

「のちに『祟りの掛け軸』と言われたほどだ。きっと、生半可な折檻ではなかったのでしょう」

「ご推察どおりです」店主はうなずいて、

「二日二晩責め抜かれ、ついにお滝は息絶えました。とはいえ、現代とは人権意識が違いますからね。お武家さまが使用人一人殺めたところで、どうということもない。あるじによる無礼打ち、でおしまいです。お滝は亡骸を親もとに返されることなく、無縁仏の身と成り果てました。しかし、です」

　店主は言葉を継いだ。

「その折檻死からしばらくして、屋敷にお滝が化けて出るようになったんです。最初のうちこそ『馬鹿馬鹿しい』と鼻で笑っていたあるじですが、怯えた使用人が一人減り、二人減り――。やがて屋敷は荒れて、ついにはお嬢さままで病みついてしまった。熱にうかされたお嬢さまは、夜ごと『お滝が、お滝が』と譫言で繰りかえしました。それを聞いて、さすがのあるじも事態を重く見るようになった」

「そこで、山野上萩宴の出番ですか」

「そのとおり。あるじは居候かつお抱え絵師の萩宴を呼び、お滝の絵姿を描くよう言いつけました。せめて絵を後世に残すことで、美貌自慢の虚栄心を満足させてやろうとしたのですな。だが残念ながら、間に合わなかった。絵が仕上がる前に、肝心のお嬢さまは哀れにも病死してしまわれた。一粒種をなくし、失意にまみれたあるじはその年のうちに自害したそうです。以降は大木が枯れるように、古舘氏は没落の一途をたどってゆきました」

「いいですね。骨董のいわく話としちゃ典型的だ」

と部長はかぶりを振ってから、

「で、問題の掛け軸は？」と訊いた。店主が答える。

「土蔵にしまいこまれて、門外不出となったそうです。お滝が恨みのほうへ気をそらさぬよう——己の美貌にのみ夢中になるよう、掛け軸の向かいへ鏡を据えてね。その目論見が当たってか、お滝の幽霊はぴたりと出なくなったと言われています」

「あっ、そういえば鏡がありました」

文音が高い声をあげる。

「掛け軸と向かいあうように、古い銅鏡が掛けてあったんです。ということは……あの鏡を持っていったのが、よくなかったんでしょうか？」

「ほう、鏡をはずしましたか」

店主が眼鏡を指で押し上げる。

「なるほどなるほど。それでさっきおっしゃった『好事家の喜びそうな事象』に繫がるわけだ。失礼ですが、はずした鏡はどちらへ？」

「あ、ええと……それは」

文音は口ごもった。みるみる顔いろが悪くなっていく。

後輩の窮地を見かねたか、こよみが急いで割って入った。

「あのう、本日は貴重なお話をどうもありがとうございました。たいへん参考になりました。では鏡をもとの位置に戻して、すこし様子を見ようと思います。後日、是非またご連絡いたします」

「それがいいでしょうな」

鷹揚に店主は言った。いつの間にか、貧乏ゆすりの速度がゆるく戻っていた。

「いまはあえて、根掘り葉掘り尋ねかえさずにおきましょう。ご連絡、切にお待ちしますよ。商売気抜きでも、いずれ掛け軸の実物とお目もじ願いたいものだ」

6

店を出てコインパーキングへ向かう道すがら、

「――ナルシシズムと鏡というのは、太古の昔から分かちがたい題材だよね」

と部長が言った。

「白雪姫の母親は、鏡に向かって世界一の美女を問いただす。天岩戸に閉じこもった天照大御神は、鏡に映った己の姿に惹かれて引きずりだされる。神話の美少年ナルキッソスは水面に映る自分に見とれて川に落ち、死して水仙に姿を変えてしまう」

「西洋絵画にも〝鏡と美女〟のモチーフは多いですよね」

こよみが相槌を打つ。

「ティツィアーノの『鏡の前の女』、メムリンクの『虚栄』、ベラスケスやルーベンスの『鏡を見るヴィーナス』。どれも鏡に見入る美女の構図で、七つの大罪のひとつである自惚れや虚栄心をテーマにしています」

「男にだって、金や権力にまつわる虚栄心は十二分にあるのにね。若い美女ばかりが題材に取りあげられるのは、うつろう美に執着する愚かしさを戒めたいがゆえか、それとも単に、おっさんより美女の肢体を描きたかったからか……。うん、どうも後者のような気がするなあ」

目の前で信号が赤に変わった。

部長が歩行者用ボタンを押して、

「で、話を祟りの掛け軸に戻すけどさ。つまりお滝さんの霊は、鏡を探して屋敷内を徘徊しているってことでいいのかな」と首をかしげた。

「自分の美貌にうっとり酔えなくなったから、怒ってるんだろうか？」

「いや、それがですね。どうもそういう感じじゃなかったんです」

口を挟んでから、森司は「な？」と鈴木に同意を求めた。

鈴木が首を縦にして、

「はい。おれも同感です。八神さんが『あまり怖くない』と形容したとおり、あの邸内に怒りや恨みの気配は薄かった。悪意や害意にいたっては、皆無でした」

と断言した。

信号が青に変わる。『とおりゃんせ』のメロディが流れだす。

ヴィッツを駐めたコインパーキングは目と鼻の先だ。横断歩道のなかばまで進んだところで、森司は歩みを止めた。

文音とこよみが、いつまでも追いついてこなかったからだ。怪訝に思い、振りかえる。

二人は信号柱の横に立ちつくしていた。文音の顔が、いまにも泣きだしそうに歪んでいる。その肩を、こよみが慰めるように抱いていた。

「どうしたの、古舘さん」

慌てて森司は、部長と鈴木とともに駆け戻った。

文音の顔がますます歪む。両の目が真っ赤だ。彼女は子供のように顔をくしゃくしゃにして、

「――井野くんと……、あの銅鏡を持っていった井野健助くんと、ずっと連絡が取れないんです」

と言った。

「電話しても『圏外にいるか電源が入っていません』とアナウンスが流れるし、LINEもメールも返事がないし……。彼の友達に聞いたら、『旅行中だ』って言われました。た……たぶん、ほかの女の子と一緒なんだと思います。こういうふうに連絡できなくなること、前にもあったから」

文音は両掌で顔を覆った。

「わたし、……わたし」

指の隙間から、啜り泣きが洩れる。

「わたし、――お滝さんという女性が、うらやましい。何百年もの間、自分に見とれていられるほど、自信があるなんて。……わたしとは、正反対です。……たとえお手打ちになったとしても、わたしもそれくらい、自分を好きになってみたかった……」

文音が啜り泣く。

鳴りつづく『とおりゃんせ』と、行きかう車群がその嗚咽をかき消してしまう。

「古舘さん」

やがて、部長が静かに言った。

「失礼を承知で質問するよ。……その井野くんとやらは、きみの彼氏なんだよね？　浮気されても泣くしかないほど、そんなにも彼のことが好きなの？」

「いいえ」

文音は声を詰まらせながら、しかしきっぱりと否定した。

「好きじゃありません。一度も、彼を好きになったことなんかない」

「じゃあどうして」

「怖い、んです。わたし、彼が怖い」

こよみに肩を抱かれながら、文音は呻いた。その頬は蒼白だった。こまかく目じりが痙攣していた。

「彼とは……井野くんとは、小学校の三年から六年まで同じクラスでした。その四年間、わたしはずっと、彼にいじめられていたんです」

ほんとうにいやでした——と文音は呻いた。

平手で叩く、蹴る。持ちものを捨てる。壊す。一挙手一投足を嘲り、笑いものにする。仲間数人で囲んではやしたてる、追いかけまわす。そのくせ、バレンタインにはチョコレートを無理やり押しつけてきた。席替えのたび、文音の隣になろうともした。

文音は泣いて周囲に訴えた。しかし、担任教師も親も取り合わなかった。

「井野くん、あなたのことが好きなのよ。ちょっぴり素直になれないだけなの」

「好きだからいじめちゃうのよ。あの年頃の男子にはありがちよね」

と皆、微笑ましそうに二人を眺めた。「いやだ、怖い」と頑強に拒むと、「わかってあげなさい」「男子は不器用なのよ」と文音のほうが悪者扱いされた。

地獄のような四年間だった。

その千四百日余で、文音は自尊心を根こそぎ奪われた。

罵倒を浴びない日は一日たりともなかった。「ブス」「バカ」「ばい菌」と謗られた。

文音は貝のように押し黙り、うつむいて耐えた。反論すればよけいに叩かれたし、逃げれば追われた。刺激しないよう、つとめるほかなかった。

「……『ブス』って、何百回言われたかわかりません。『化けもの』『ブスがこっち見るな、腐る』『ブス菌が伝染る』って。井野くんの仲間たちに囲まれて、『ブスは死ね』って石を投げつけられたこともあります」

文音の言葉に、鈴木の頰が引き攣る。森司は、気づかなかったふりをした。

「中学で井野くんと離れられて、ほっとしました。でも、ぺしゃんこにされた自尊心は戻らなかった。……わたしはいまでも、あのときのままです。誰に何度誉められようと、自分に自信が持てない。どうせわたしなんて、と思ってしまう。お洒落もお化粧も無駄だとあきらめてしまう。だってわたしはしょせん、化けものでブス菌なんですから」

それでも、大学入学を機に変わろうと思ってたんです——。文音は言った。

「なのにまさか、……井野くんと再会するなんて、予想もしませんでした」

うつろな声だった。

人数合わせで呼ばれた合コンに、井野健助が出席していたのだ。

彼だと気づいた瞬間、文音は動けなくなった。逃げたいのに、逃げられなかった。言われるがままに連絡先を交換した。「ずっと好きだった」と言われたときは、嫌悪しかなかった。なのに拒めなかった。

「馬鹿みたいですよね。わかってます、でも」

文音は両拳を握りしめて泣いていた。

「でも、彼に逆らえないんです。付きあってからも、大事にしてもらえたことなんか一度だってない。ひたすら踏みつけにされて、馬鹿にされるだけです。これからだって、そうでしょう。……わかってるんです。わかっているのに、いやと言えない……」

信号が、ふたたび赤に変わった。

「……わたし、自分の顔を、鏡でよく見たことなんて一度もありません。こんな顔、大嫌い。見るのも怖い。……わたしは現代に生きていて、お滝さんのように、刀で斬り殺されることはありません。でもだからといって、けっして幸福じゃない。彼女と比べて、わたしのほうがマシな人生だなんて、とても言えません……」

その嘆きに、森司は一言も応えてやれなかった。

7

文音はその夜、こよみのアパートに避難すると決まった。

代わりに古舘邸の留守番役は、黒沼従兄弟コンビが務めるという。泉水のバイトが終わるのを待って、二人で屋敷へ向かうらしい。

——泉水さんに任せておけば安心だ。

さて、おれはおれの務めを果たさなくては。

森司はそう己に言い聞かせ、短距離用のシューズを靴箱から取りだした。

本格的なトレーニングは今夜からだ。早めに夕食を摂っておかねばなるまい。

永橋によれば、グラウンドの使用時間は午後七時半から九時半までと決まっているそうだ。最低でも、練習開始の一時間前には食べ終えておきたかった。

食事メニューは、蛋白質メインに切り替えると決めた。となればプロテインがてっとり早い。早いが、高い。一人暮らしの貧乏学生としては、やはり特売の納豆、卵の白身、豆腐、鶏ささみ、ノンオイルツナなどを活用していきたい。

——となると、今夜はどうするか。

湯豆腐は好きだ。しかし酒が飲みたくなるので却下である。ささみを使った棒棒鶏も、ビールが飲みたくなるゆえ却下。ツナ缶に玉葱のみじん切りを混ぜ、マヨ醤油と黒胡椒を振っても、やはり飲みたくなるので……。

「いかん、酒の肴ばかりじゃないか」

森司は首を振った。

トレーニング中から本番にかけて、炭水化物をいっさい摂らない短距離ランナーもいるらしい。だが森司は「食事に炭水化物は必須」派だ。一食につき、必ず米かパンか麺が欲しい。減らすのは耐えられても、抜くのはいやだ。

だからして、今回は『グリコーゲンローディング』を採用しようと決めた。筋肉中にエネルギー源を溜めこむため、意図的に炭水化物を加減する食事法である。長距離種目の選手なら本番の三日前から、短距離種目の選手なら前日から、炭水化物多めの食事に切り替える。

以前は「いったん炭水化物を絶って、グリコーゲンを枯渇させてから多く摂取」という手法だったが、現在は高蛋白質の食事を通常どおり摂りつづけ、前日から切り替えるのが主流だ。炭水化物を増やす代わりに脂肪や乳製品はひかえめにし、トレーニング強度も低めるらしい――が、まあそこまで厳密でなくともよかろう。

森司はまず、冷凍庫を開けた。

昨日炊いて冷凍しておいた白飯を取りだす。飯をレンジで解凍している間に、ツナ缶を開け、薄切りの玉葱とともに炒める。そこへ豆腐を一丁投入。豆腐を崩しながら、さらに炒める。

味付けは市販の『すき焼きの素』である。こいつと麺つゆ、焼肉のタレ、ポン酢醤油があれば、たいがいの料理はなんとかなる。味がいきわたったら、溶き卵をふわりとかけまわす。卵が固くなる前に火を止め、フライパンに蓋をする。

蒸らす時間を利用して、解凍できた白飯をレンジから取りだし、丼にあける。その飯へツナと豆腐の卵とじをのせ、紅生姜を添えて、はいできあがり、だ。お好みで七味を振るのもよい。

正直言えば、これが正しい『グリコーゲンローディング』になっているかわからない。わからないが、雰囲気的にはＯＫだ。すくなくとも〝高蛋白質〟という自己満足は充分に味わえた。

右手で箸を使いつつ、森司は左手でカタログをめくった。

行儀が悪いのはわかっている。しかし時間がないのだからしかたない。こう見えて忙しい身なのだ。なぜって、カタログが三冊に増えたからだ。

歯学部の小山内陣がキャンパスを越境し、わざわざ顔を見せたのは今日の夕方である。

「八神さん、これ」

彼が差しだしてきたのは、高級そうな宝飾店のカタログ二冊だった。

「親戚が経営している店です。社員割引価格で買えるよう交渉しますので、是非どうぞ」

「ああ、ありがとう」と森司は素直に受けとってから、

「でもおれ、ピアス開けてないしな……」

「なにを馬鹿言ってるんです」

　小山内が声を張りあげた。

「八神さんのためじゃありません。見てくださいよ、このダイヤ。このプラチナ。この高貴な輝き。こんな美しいものが、八神さんのために存在するわけがないでしょうが。なにを身のほど知らずな。おこがましい」

「そこまで言うか」森司は鼻白んだ。

「かるくボケただけじゃないか。まさか全否定してくるとは」

「いまはボケなんかいりません」小山内が一蹴する。

「わかってるんですか八神さん。クリスマスが目前なんですよ。クリスマスといえば、屈指の一大イベントじゃないですか。灘さんをイヴデートに、ちゃんと誘ったんですか」

「あ、いや、まだ……」

「なにやってるんですか。だらしない」

　小山内の声がさらに高まった。

「なぜもっとアグレッシブにいけないんですか。恋愛は攻めですよ、攻め。攻撃あるのみです。こう前傾姿勢で脇を締め、やや内角を狙いえぐりこむように」

「小山内、キャラ変わったな」

　森司は気圧されつつ言った。

「おまえ、そんなやつだったっけ?」

「そんなやつもなにも、『お二人を応援する』と言ったばかりでしょうに。もう忘れたんですか。まったく応援し甲斐のない人だなあ」

やれやれ、と小山内が肩をすくめて首をふる。おまえだって灘の前ではあがってばかりいたくせに——と反駁したいのを、森司は我慢した。

代わりに「小山内のほうは、クリスマスの予定はどうなんだ?」と訊く。

「おれですか? おれはサークルのパーティと、ゼミのパーティを掛け持ちです。こう見えて傷心の身ですから、家でひっそりしていたいんですけどね……。でもおれが出ないと女子の出席率にかかわるから、みんな許してくれなくて」

「あっそう」

森司は棒読みの相槌を打った。

その手に、小山内がぶ厚いカタログを押しつける。

「とにかく、よーく見といてください。返却無用ですから。あ、言っておきますが、ファンシーすぎるデザインは意外と女子に不評ですよ。『可愛いあの子には可愛いモチーフが似合う』と思いがちですが、無難に越したことはありません。普段使いできるシンプルなものが、おれの経験からいってベターです」

怒濤の早口で言うと、彼は腕時計を覗いて、

「ではおれは約束があるので、これで」と風のように去って行った。

それが、わずか二時間前のできごとだ。

「……まあ、うん、あいつの厚意は伝わるし、ありがたいよな。社割価格で買えるのも嬉しい。とはいえ、この店はなかなかに元値が高い……」

唸りながら、森司はカタログをめくった。彼自身がカタログをもらってきたアクセサリーショップより、こちらの宝飾店は三割ほど高価だ。心なしか石の粒も大きい。

「誕生石……。そうか、ダイヤでなく誕生石という手もあったな。えーと、こよみちゃんは確か五月生まれだから……」

いそいそとページをめくったとき、携帯電話が鳴った。LINEの着信音だ。箸を置き、森司は手を伸ばした。

黒沼部長からのグループLINEであった。

「例の掛け軸について、試してみたいアイディアが浮かんだよ。用意はこっちでやっておくから、明日の早い時間に古舘邸に集合ってことで。じゃ、よろしくねー」

8

文音が運転するヴィッツに拾われ、森司がこよみと鈴木とともに古舘邸に着いたのは、翌朝の九時であった。

黒沼部長は寝起きの腫れたまぶたで部員たちを迎え、

「あーおはよう。みんな朝ごはんは？　ああそう、ぼくたちもまだ。これが終わったら、みんなでコメダ行ってモーニングしよう。ぼく小倉トースト食べたい。シロノワールでもいい。脳に糖分が足りてない」

泉水に支えられて歩きながら、彼は一同を土蔵へと導いた。

庭にそびえる土蔵は、やはり森閑と静まっていた。一歩中へ入っただけで、外界から空気が隔てられたとわかる。音や気温だけでなく、空気感からして違う。

部長が壁のスイッチを押し、電球をともした。

「古舘さんは掛け軸の女性、つまりお滝さんが『笑っていた』と証言したよね。そして八神くんは『あまり怖くなかった』と言い、鈴木くんは『害意を感じなかった』と言った。昨夜ここへ来た泉水ちゃんも、二人に同意した。で、ぼくは思ったわけ。悪意も害意もなしで笑っているなら、彼女はほんとに嬉しがってるんじゃないか？　と」

くだんの掛け軸へと歩み寄る。

思わず森司は目を見張った。部長がつづける。

「察するにお滝さんは、向かいの鏡を〝失った〟んじゃない。鏡から〝解放された〟んじゃないかな」

彼は文音を振りかえった。

「古舘さんはお滝さんを『うらやましい』と言ったよね。古舘さんを含め、ぼくらはみんな勘違いしていた。絵姿美人の彼女は、鏡に映る自分に見とれて動けなかったんじゃない。蝦蟇の油よろしく、自分の姿が厭わしすぎて目を離せなかったんだ」

「厭わし……すぎて？」

文音が怪訝そうに問う。

「そう」部長はうなずいて、

「ぼくはね、お滝さんは現代で言うところの身体醜形障害、つまり〝醜形恐怖症〟だったんだと思う」

と言った。

「醜形恐怖症が心身症として認識され、広まったのは二十世紀のことだ。江戸末期に生きた人びとには、当然ながら概念すらなかった。そして醜形恐怖症は、鏡を避けるタイプと、嫌だからこそ鏡を見ずにいられないタイプに分かれる。お滝さんは、典型的な後者だったんだろう。そして評判の美女だった彼女が鏡ばかり見るようになれば、まわりは『美貌自慢の自惚れ女』としか受けとらなかった」

醜形恐怖症とは、かたちを変えた重度の自己嫌悪なんだ――。部長が言う。

文音の、そして鈴木の肩がぴくりと跳ねた。

「自分が嫌いだ、自分が肯定できない、自信がない。そんな気持ちのあらわれだから、どんな美形だろうと発症し得る。自分の醜さが他人に不快感を与えているんじゃないか、嫌われ、疎まれているんじゃないか、と疑心暗鬼にさいなまれる病だ。発症率はおよそ百人に一人。しかし症状が劣等感と結びついているため隠しとおすケースが多く、実数はもっと多いだろう、と言われているね」

明かりとりの窓から射しこむ朝の陽に、埃がきらめいていた。

「この心身症を患うと、自分の容貌ばかりが気になって、ほかのことが手に付かなくなる。だから患者は、おのずと社会から孤立するらしい。有名な例が、家庭内暴力の末に父親に殺された『開成高校生殺害事件』の被害者だね。彼は高校で落ちこぼれ、その劣等感と自己嫌悪ゆえか、醜形恐怖症を発症した。『鼻が低い』『整形手術したい』と日がな両親に訴え、『おれの鼻は遺伝だ。おまえらが結婚したせいで、おれみたいな顔が生まれたんだ』と暴力をふるうようになったんだ。暴力はエスカレートする一方で、たまりかねた父親が就寝中の息子を絞殺するという大事件にいたる。かように、重篤かつ深刻な疾患なんだよ、この醜形恐怖症は」

部長はいま一度文音を見やって、

「昨夜一巡してみたけど、この邸内には鏡が一枚もないね。浴室はおろか、洗面台にすら鏡が付いていていない」

と言った。文音が急いでうなずく。

「あ、はい。大叔父は身なりにかまわない人ですし、目もよくないですから。必要としてなかったんだと思います」

「なるほど。だからお滝さんは古舘さんの顔を覗きこんでたわけだ」

「はい?」

「醜形恐怖を患うお滝さんにとって、鏡は厭わしいものであると同時に、依存の対象なんだよ。鏡から解放されたと喜ぶ一方で、お滝さんは〝自分の姿を確認したい〟という欲求から脱しきれない。だから彼女は、自分の顔が映るものを探して邸内を徘徊したんだ」

まだ怪訝そうな文音に、

部長は告げた。

「つまりね。お滝さんは、他人の瞳に映る自分を見たかったのさ」

「邸内に鏡がないとなれば、ほかに思いつかなかったんだろう。生前の彼女が、他人の瞳を恐れていた証明でもあるね。可哀想に」

「えー……、あのう、お言葉ですが」

森司は片手を挙げて発言した。

「鏡はなくても、この屋敷にガラスなら沢山ありますよ。昼間はともかく、夜なら光源がどこかにあれば、顔くらい映るんじゃ？」

「そうだけど、お滝さんは江戸後期の女性だからね」部長が言う。

「彼女の時代のガラス、ぎやまんは顔が映るほど透明度が高くなかった。鉛を多く含み、薄い黄色や黄緑色を帯びていた。〝ガラスに顔が映る〟という知識が、彼女にはないんだよ。どのみち霊体として徘徊する彼女が、鏡やガラスに映ったとは思えない」

肩をすくめてから、

「しかし、いやな話だ」

と部長は口をとがらせた。

「だからぼく、ルッキズムって嫌いなんだよねえ。ぼくは美人大好きだけど、顔が美しくなけりゃ価値がない、という考えには断固反対。人間の美点や長所は、容姿だけで判断するものじゃないよ。だいたいが古来、日本では……」

本筋からそれていく独り言を、「本家」と泉水が低く止めた。

部長が「ああ、ごめん」と頭を掻く。

「まあこんなわけで、お滝さんがなぜ寝顔を覗きこんでいたかはわかったよね。残りの疑問は〝なぜ這うか〟だ。これについては掛け軸の絵が物語っていたと思う。なぜってあの絵には、手足が描かれていなかった。両手が袖に隠れ、腰までの絵姿だった。絵師の山野上萩宴は、居候の身に忸怩たる思いでもあったのかな。主人の命に従いながらも、皮肉を筆にこめたんだ」

「どういう意味です？」

文音がおそるおそる問う。部長はすこし眉をひそめた。

「要するに、お滝さんが受けた折檻は『打つ、叩く』程度じゃなかったんだろうさ。おそらくは四肢が損壊するほどの残虐さだった。手も足も失った彼女は、だから霊魂となっても這うしかなかった。……陰惨な話だ。子孫にいたるまで祟って当然だね」

彼は目の前の掛け軸を指して、

「さて、ここからが本題。ぼくらが昨夜ここに泊まった理由がこれだ。這いずるお滝さんの相手は泉水ちゃんに任せて、ぼくはノートパソコンで作業させてもらった。デジカメで撮った掛け軸の画像を、フォトショップで加工する作業だよ」

　と言った。

「着物も簪も、あざやかに彩色しなおした。顔は喜多川歌麿の美人画を取りこんで、パーツごとすげ替えた。当時の江戸じゃあ渓斎英泉や歌川国貞の描く退廃的美女が流行りだったが、こっちは田舎で、流行にタイムラグがあっただろうからね。それにお滝さんが求めたものは、個性美より正統派の美しさだったはずだ。手足のパーツも、同じく歌麿のほかの絵から拝借したよ。枠となる銅鏡の画像は、ネットで拾った」

　部長は得意げだった。

「微調整に凝りすぎたせいで、明け方近くまでかかっちゃったよ。ともかく完成後は、コンビニへすぐ走ってプリントアウトした。そして銅鏡の代わりよろしく、掛け軸の正面へ吊り下げてみたってわけ。――これが、その完成品」

　あらためて、部長が手で示してみせる。

　つい先刻、森司が目を見張った理由がそこにあった。

　積まれた桐箱が成す山の境に、凸状のスペースが空いている。その狭い空間に一幅の掛け軸が掛かり、絵と向きあうかたちで、A3サイズを二枚貼り合わせた紙が吊られていた。

　掛け軸は全体に変色し、よれて波打っていた。亀裂のような皺があちこちに寄り、一部には水が滲み、片方の鐶がはずれかけて傾いていた。

対してA3を二枚継いだほうの絵美人は、銅鏡をかたどった枠におさまっている。鏡に映っているかのように、黒沼部長が構図をあしらったせいだ。

絵美人は掛け軸に描かれていた女と同じ着物を着込み、同じポーズをとっていた。だが細部がいくつか異なっている。豪奢な袖から指さきが覗き、割れた裾からは草履を履いた足が見えた。しかし――。

対となるはずの、掛け軸の美女がいなかった。

掛け軸の本紙には、いまや空白が広がっているだけだ。山野上萩宴なる絵師がそこに描いたはずの美女は、絵具の跡さえ残さず消え失せていた。

「ね、うまくいったでしょ?」

鼻高々、といったふうに部長が言う。

「さっきの仮説をぼくが自信満々に発表できたのは、この結果を見たおかげ。成仏した、という考えかたもできるが、ぼくとしちゃ〝理想どおりの顔と手足を得たと思い、晴れて行きたいところへ行った〟と思いたいね。対症療法でしかないかもだけど、お滝さんはぼくの作品に満足してくれたようだ。一番肝心なのはそこだよ」

「ま、おおむね同意だ」

お滝に一晩付きあったという泉水が、低く言う。

「この屋敷は彼女にとって、いやな思い出しかないだろうしな。生まれ故郷なり新天地なり、好きなところへ行ったほうがいい」

文音は呆然としていた。

口をなかば開け、ぽかんと部長を見つめている。言葉もないといったふうだ。

しばしの間、誰もなにも言わなかった。長い沈黙が落ちた。

やがて、文音の唇がひらいた。

「……そうか」

ちいさくつぶやきが洩れる。

「そうか、行けるんだ。幽霊でも、意思さえあればどこへだって……」

その頬には、ほんのりと朱がさしていた。


一同は土蔵を出た。気づけば一時間近く中にいたらしい。陽が高くなりつつある。薄い雲が散った、きれいな冬晴れの空だ。

広大な庭はやはり荒れ果てていたが、気のせいか、昨日見たときより空気が澄んで明るかった。荒廃したような、よどんだ空気が消えている。

文音が土蔵に施錠していると、

「おーい、文音ー！」

楼門を越えて、小柄な男が近づいてきた。

似合わないチェスターコートに、丈の合っていないパンツ。白く膿んだにきびが頬に散っている。目と唇には、人を小馬鹿にしたような嘲笑が浮いていた。

　こいつか、と森司は瞬時に察した。

　この男が例の、元いじめっ子の井野健助か。大げさにいからせた肩といい、チンピラまがいに体を揺する歩きかたといい、〝虚勢〟の二文字を具現化したようだ。

「誰だ、こいつら？」

　と健助は森司たちを無遠慮に指さし、文音の返事を待たずにまくしたてた。

「まあいいや。文音おまえ、いまいくら持ってる？　今月課金しすぎたみたいでさ、クレカの払いがやべえんだよ。ひとまず二万でいいわ。つーか、おまえも悪いんだぜ。こないだのボロ鏡、古道具屋に持ってったら五千円にもならねえでやんの。シケてるよなあ。おまえの親戚、家の見てくればっか立派でも、たいしたこと――」

「わ、――別れる」

　文音は短くさえぎった。

　健助が息を呑む。言いかけた言葉もなかばに、唖然と眼前の文音を見つめる。

　身を震わせながら、文音は言った。

「あなたとは――、これっきり別れる。ずっとずっと、これを言いたかったの。『別れて』なんて頼まない。いまここで、わたしはあなたと別れる。……わたし、あなたのこと大嫌い。子供の頃から、ほんとのほんとに大っ嫌いだった」

　文音は涙ぐんでいた。声は震え、潤んで不明瞭だった。しかし言葉と表情は雄弁だった。全身で、健助を拒絶していた。

一分近く、健助はその場に立ちつくしていた。

その頬に、じわじわと血がのぼっていく。怒りで顔が歪む。利き手が拳を握る。

「おま、――……おまえ……、っざけんなよ……」

拳を固め、健助が文音に躍りかかった。

だがその前に、泉水が割りこんだ。文音を背にかばって立ちはだかる。

健助と泉水が対峙している隙に、森司は急いで文音をうながした。

「いまのうちだ。古舘さん、走って車に乗って。灘も一緒に」と早口でささやく。

しかし、車に乗りこむまでもなかった。

身長差二十五センチの高みから睨まれた健助は、みるみる戦意を失くしていった。

眉が下がり、肩が落ちる。もごもごと捨て台詞らしきものを吐いてから、彼はきびすを返した。

余裕を装ってゆっくり数歩進み、立ち止まる。文音を振りかえろうとする。だが結局は思いなおし、早足になり、最後には走って楼門を出ていった。

文音の膝が折れた。

一気に緊張がとけたのか、その場にへたりこみそうになる。その体を慌てて支えながら、こよみが言った。

「古舘さん、すごい。よく言えました。でもあの彼は、すぐにはあきらめなそう。これからでも藍さんが——うちの元副部長が勤める行政書士事務所に行って、内容証明を送れるか相談してきましょう。大丈夫、ああいうタイプはきっと、公的な権威には弱いです」

「ぼくも同感」部長が挙手して言う。

「この手の件は、プロに任せるに限る。ストーカー事案になってからじゃ遅いしね。鉄は熱いうちに打つのが吉だよ。さいわいあの井野くんは、藍くんがもっとも嫌うタイプだ。きっと親身になってくれるさ」

文音とこよみがヴィッツへ向かうのを見送り、森司はほっと肩の力を抜いた。井野健助が腰抜け野郎でよかった。泉水がいるからある程度安心とはいえ、もし文音が殴られでもしたら、と気が気でなかったのだ。

胸を撫でおろし、ななめ後ろの人物にふと目を留める。

「どうした、鈴木?」

「いや、あの、これ」

鈴木が苦笑まじりに財布をひらく。カード入れから一枚、紙片を引き抜く。

森司は「あ」と短く声を発した。名刺だ。先日のマクドナルドで、鈴木が元同級生の女に渡された名刺であった。

「誤解せんといてください。連絡するつもりで持ってたんと違いますよ」

自嘲するように、鈴木が言う。

「なんかの仕返しに使えるんちゃうか、なんて、心の隅で思うてしもてね。未練たらしく捨てられへんかった。……けど、古館さんのおかげで決心つきましたわ。こんなん、持ってるだけで根性曲がりますな」

　眼前で名刺がふたつに裂かれるのを、森司は無言で見守った。裂いた名刺を重ね、鈴木がさらに四つに裂く。冬晴れの空のもと、ひどく小気味いい光景に映った。空の青が、涼しく冴えていた。

　出立を急かすように、泉水の愛車から短くクラクションが響いた。

1

濃紺の夜闇が、雪越大学をすっぽり覆っていた。

暖冬だという気象庁の予報どおり、十二月に入っても積雪の気配はない。とはいえ日の短さは例年どおりだった。夕方の四時を過ぎれば薄闇が世界を包みはじめ、五時ともなれば真っ暗である。車のヘッドライトとテイルランプが、連なって駐車場から離れていく。

そんな冬空の下、部室棟ではオカ研の部室だけがいまだ灯をともしていた。

一人居すわる黒沼麟太郎部長は、愛用のカップでひたすらココアを練りつづけている。バンホーテンの純ココアと蜂蜜をたっぷり混ぜあわせ、スプーンで丁寧に丁寧に練る。少量のミルクをくわえ、レンジで一分加熱してさらに練る。そしてもう一度ミルクを——と注ぎかけたところで、引き戸が開いた。

鴨居に額をぶつけぬよう、巨体がかがんで入ってくる。従弟の泉水だ。研究室にいたらしく、白衣を羽織っている。

「おかえり泉水ちゃん。実験終わった？」

部長はカップごと手を上げた。

「そっちの研究室、赤外分光光度計の調子どう？　ココア飲む？」

「調子はよくねえな。壊れるのも時間の問題だ。甘いもんは遠慮しとく。――それより」

白衣のポケットから、泉水はちいさな光るものを取りだした。

「本家、こいつがなにかわかるか」

「なに？　見せて見せて」

泉水の手から受けとる。部長は眼鏡を押しあげて、まじまじと見入った。

掌にのるほどの、細長いガラスの小壜である。高級ブランドの香水とも見紛うが、あしらわれた銀装飾の曇り具合からしてアンティークだろう。壜の口は、蜜蠟できつく蓋がしてあった。

「うーん、たぶん涙壺じゃないかな」部長は言った。

「なんだそりゃあ」

「古代ローマの時代からあった副葬品だよ。遺族や恋人が死者を思ってこぼした涙を、この壜に溜めるんだ。棺に入れて一緒に埋葬するほか、涙が蒸発して消えるまでの間を喪に服す、なんて風習もあったらしいよ。涙壺自体の造形ともあいまって、美しくもロマンティックな習わしだよねえ」

息をつき、壜を掌の上でまわす。

「で、なんでまた泉水ちゃんが涙壺なんて持ってるの？　似合わないとは言わないけど、この手のロマンティックって泉水ちゃんの趣味から遠いよね」

「預かったんだ」

泉水は答えた。

「同じ研究室のやつと光度計の機嫌が直るまで雑談してたら、『黒沼んち旧家だろ。こいつを買ってくれるような、いい骨董屋を知らないか』と頼まれてな。だから『従兄に訊いてみる』と言って預かってきた」

「ふーん」部長が相槌を打つ。

短い沈黙が流れた。

「……えっ、まさかそこで終わり？」

慌てたように部長は身をのりだした。

「ないない。泉水ちゃんはけっこうお人好しだけど、この手のシチュエーションで『はいそうですか』とおとなしく預かってくるタイプじゃないでしょ。当然話のつづきがあるんだよね？　気になるからそこを話して、早く早く。あ、ココアがいらないならコーヒー飲む？　飲むんなら、今日は特別大サービスでぼくが淹れるよ」

目に見えてへつらいはじめた従兄に、泉水は苦笑した。

「おまえが淹れるコーヒーは薄いからやめとく。それはそうと、壜を光にかざして見てくれるか」

「光に？　蛍光灯でいいの？」

こうかな、と部長が仰向き、壜を目の高さまで上げる。

「あ、雫が入ってるね。ほんのちょっぴり」

「ああ。だがおれが預かったとき、壜は空だった」

泉水が言う。

「正直言えば、おまえの言うとおりだ。『いい骨董屋を知らないか』と言われたとき、預かる気はさらさらなかった。だが、いやなものが視えちまってな」

「いやなもの？」

「正確に言えば〝いやな光景〟か。……その壜の向こうに、古びた和室が〝視えた〟んだ。けば立った畳に布団が敷いてあって、若い女が眠っていた」

「へえ、知ってる人かな」

「いいや。だがその女を見つめる黒い影が、ふたつあった。一人は女のかたわらに正座していたが、もう一人は屋根裏にいた。ひらいた天井板の隙間から、室内を見下ろしていたんだ。二人とも、ものも言わず女を凝視していた」

「乱歩の『屋根裏の散歩者』ばりだね。なるほど、確かに不穏な光景だ。でも正座のほうの影は、看病人じゃないの？」

「違うな。影の目つきはどちらも、見守る視線にはほど遠かった。とくに座ったほうの影は、眠る女をはっきりと憎んでいた。こっちの神経にまで、びりびり障るような憎悪だ。――そして正座した影は、いまおまえが持っているのとそっくりな小壜を握りしめていた」

泉水が涙壺を指さす。

つられたように、部長は壜を見下ろした。

「正座した影は、眠る女の口に壜を近づけていった。傾けて、中身を飲ませているように見えたな。女が目覚める様子はなかった。だが涙壺から中の水を飲むごとに、寝顔は歪んでいった。すこしずつ変色し、どす黒く染まっていった。間違いなく、病人の顔いろだった」

「ふうん。で、屋根裏のほうの影は？」

「なにもしていなかった。ただ静かに見下ろしていた。……おれに視えたのは、そこまでだ。われに返ると、空っぽだった壜にいつの間にか水滴が溜まっていた。理由は、さっぱりわからん。本来この種の霊は、おれと波長が合いづらいんだがな」

泉水はかぶりを振って、

「てなわけで、おまえが好きそうな話だろうと壜ごと持ち帰ったんだ。そっちの研究室も、機器の不調で実験が止まってると聞いたしな。暇つぶしの、謎とき程度にはなるだろうよ」

「そっか、ありがと泉水ちゃん」

涙壺を手の中でいじくりまわし、部長は言った。

「確かにぼく好みの話で……うん、同時になんとも複雑そうだ」

2

その頃、森司は初浪小中学校兼用のグラウンドにいた。

むろん来たる大会に向けての練習だ。チームのメンバーとはとうに顔見知りゆえ、問題なく受け入れてもらえた。リレー走者は全部で四人。森司を除けば平均年齢二十九歳で、全員が会社員である。

――それにしても、寒いなあ。

森司はひとりごちた。さすが十二月だ。暖冬で雪がないとはいえ、寒いものは寒い。

まずは柔軟運動からはじめ、屈伸、腿上げで徐々に体をあたためていく。冬はエンジンがかかるまでに、春夏の倍の時間を要する。

――こよみちゃんは、いま頃どうしてるかな。

胸中でつぶやいた。

そろそろ夕飯の時刻だろうか。いや今日は図書館から何冊も資料を借りていたから、レポート執筆の真っ最中かもしれない。巷ではインフルエンザが流行っているし、部屋であたたかくしていて欲しいものだ。

――そうだよ。この時刻のこよみちゃんにはアパートで、ぬくぬくとホットミルクでも飲んでてもらいたい。うん。おれは本心からそう思ってるぞ。思っている。

そのはずなのに、おかしいな——。腿の裏を念入りに伸ばしながら、森司は首をかしげた。

おれはけして、彼女をこの寒空に呼び寄せたいなんて思っちゃいない。妄想家なのは認めるが、妄想も幻覚もあくまで願望の産物なはずだ。

いや本音を言えば、ちょっとだけ邪心を抱いているのは認める。

「好きな子からタオルやスポーツドリンクを部活中に差し入れてもらうの、憧れたなあ。仲間に冷やかされて、照れたりしてさ。そういうの体験したかったな。こよみちゃんからタッパー入りの蜂蜜漬けレモンとか、水で薄めたアクエリとか、一度でも受けとってみたかった」

などという邪心をだ。

とはいえ、さほど強い願望ではなかった。まさかグラウンドの端に彼女が立っているなんて、都合のいい幻覚を生むほどではない。そう、あんなリアルな、質感まで本物そっくりの幻覚はあり得——。

「え、本物か⁉」

森司は思わず叫んだ。そして叫び終えるが早いか、走った。

いまだ幻覚か本物かもおぼつかぬ〝灘こよみ像〟に、全速力で駆け寄る。勢いあまって通り過ぎかけ、急ブレーキ気味に止まる。

目の前の人物を、森司はあらためて凝視した。

本物だ。本物の灘こよみだ。生きている。その証拠に吐く息が白い。鼻もちょっぴり赤い。フェイクファー付きのイヤーマフに、同色の手袋。長めのマフラーを片蝶結びにしている。完全に、生きて息づいている美少女だ。

「な、灘……」

ごくり、と喉ぼとけが上下した。

「ど、どうしてここに？　なんで？」

「突然すみません」こよみが眉を八の字にする。

「気が散ってご迷惑かとは思ったんですが……。永橋さんから許可をもらえたので、あのう、練習の見学に」

手袋に包まれた手が、紙袋を差し出してきた。魔法瓶とタオルが入っている。

「これ、よかったらどうぞ。冬のトレーニングは意外と脱水症状を起こしやすいし、スポーツドリンクをホットにして飲むのがいいと本で読みました。汗をかく気温じゃないかもしれませんが、一応タオルも」

「えっ、あ、うん。ありがとう」

へどもどと森司は礼を言った。自分の目が信じられなかった。「好きな子からの差し入れを体験してみたかった」と思ったそばから、まさか「好きな子」本人が、ほんとうにタオルとスポドリを持って出現するだなんて。

おれはいま、人生の幸福ポイントを二、三十年ぶん前払いされているんじゃないだろうか。残りの人生は不幸のみが押し寄せてくるのではないか。

そんな懸念を呑(の)みくだして、森司は「あ、ありがとう」と言った。

「ありがとう、灘……。ドリンクなんて、自販機で買えばいいと思ってたよ。そうだよな、自販機のスポドリには冷たいのしかないもんな。ほんとにありがとう」

「いえ」こよみが眉を下げたまま手を振り、

「お礼なんていいんです。じつはこういうの、昔から憧れていて」

と恥ずかしそうに微笑む。

「……先輩にタオルやスポーツドリンクを差し入れするの、一度、やってみたかったんです」

一瞬森司は、自分が失神するかと思った。

いや正確に言えば、昇天するかと思った。ちらりと天国の門がかいま見え、天使の角笛が聞こえた。こんな幸福に浸ったまま逝けるなら悔いはない――そう思いかけたところで、

「あのぅ、それでですね」

とつづけるこよみの声を聞いた。

「八神先輩もご存じのとおり、わたし、ものをよく見ようとすると眉間(みけん)に皺(しわ)が寄るじゃないですか。親や友達によれば、意に反してかなり怖い顔になるようなんです。今日は初対面の方が多いから、誤解されちゃいけないし……。かといって練習が見えないのも

困ると思い、母からこれを借りてきたんですが」

取りだされたのは、双眼鏡であった。ごつく、黒く、いかにも重そうだ。本格的なバードウォッチングに使うような代物だった。

「でも、バッグから出して気づきました。こんなものを使って男性の練習を見学する女って、ただの変質者ではないでしょうか」

真剣そのものの顔で、こよみは言った。

「これでは違う意味で、みなさんを怖がらせてしまうのではないかと……。お手数ですが先輩、わたしがあやしい者ではないと、一言口添えしていただけますか」

「え、あ――うん」

森司はどう返事すべきか迷った。

「口添えはするけど、た、たぶん大丈夫だよ。灘を見て、変態だと思う人はいな……」

「八神くん！」

背後から声がした。肩越しに見やると、メンバーの一人が走ってくるところだった。リレーで第三走者をつとめる、最年長の選手だ。確か名前は亀和田と言った。

「ど、どなただね。こちらにおわす女性は」

亀和田はしゃちほこばった仕草で、こよみを手で示した。口調がいつもと違う。肩に力が入り、異様に緊張していた。あきらかに、練習後の紅潮とは別ベクトルで顔が赤い。

「ああはい、こちら大学で同じサークルの、灘こよみさんです」

「はじめまして。灘と申します。今日は永橋さんの許可をいただいて、ぶしつけながら見学にお邪魔しました」

森司の紹介を受け、こよみが頭を下げる。同時に手の双眼鏡にはたと気づき、

「あ、違うんです。これは目が悪いだけで、けして変質者では」と弁解する。

だが亀和田は聞いていなかった。

「大学で、同じサークル」なかば呆然と繰りかえす。

「はい。けして変質」

応じかけるこよみに取り合わず、亀和田は森司の首に腕をまわした。がっちりヘッドロックし、力まかせにトラックの端まで引きずっていく。

「八神くん」

「は、はい。亀和田さん、どうしたんですか。目が怖いです、目が」

「おれの目なんかどうでもいい」

亀和田は森司の首を押さえたまま小声で、しかし万感をこめて呻いた。

「げ……現代の大学には、あんな子がいるのか。花さえ恥じ入る、いやクリスマスのイルミネーションさえ霞む、あんな超弩級の美少女が。さすが二十一世紀だ。近未来か、SFの域なのか」

「いえあの、ざらにはいません。灘は特別です。SFともとくに関係は」

森司は釈明しようとした。だがすでに亀和田の背後では、

「同じ大学だってよ」

「青春だな」

「付き合ってんのかな」

「うらやましい……」

　と、他のチームメンバーが顔を寄せてささやき合っていた。

　ダッシュを終えた永橋が、小走りに寄ってきて森司の肩を叩く。

「いやあ八神くん、おとなしそうな顔してやるなあ。部室へ先日お邪魔したときは、まさかあの子とそんな仲とは思わなかった。きみ催眠術でも使えるのか？　それともじつは、詐欺師ばりに口がうまいとか」

「違いますよ」森司は悲鳴じみた声をあげた。

「そんな犯罪まがいの真似なんてしません。いやできません。だましてませんし、催眠術もかけてません」

　ヘッドロックをかけられた不自由な体勢ながら、全力で否定する。

　森司は眼球のみを動かし、こよみを見やった。話の途中で置いてきちゃってごめん――

――と言いたかった。

　だが、途端に目を見張る。こよみの横に人影がふたつ増えていたからだ。一人は目立つ長身巨軀で、もう一人は小柄の痩せっぽちだ。見慣れた顔であった。

　小柄のほうが笑顔で手を振って、

「おーい、八神くーん」

と呼びかけてくる。

「練習ご苦労さま。ごめんだけど、終わったらちょっと付きあってくれない？」

3

「この甕（びん）――涙壺（なみだつぼ）って言うんですか？　はい、あたしのものです。すこしは生活費の足しになるかと思って、バイト先の先輩に『ネットオークションで売れないかな』って相談してたんですけど。……え、もう買い手が付いたんですか？」

目をぱちくりさせて尋ねかえす少女は、武市青葉（たけちあおば）と名乗った。

ところは青葉が住む借家だった。歳は十九歳だという。去年高校を卒業し、現在はファミリーレストランでウエイトレスをしているらしい。

「いや、まだ買うと決めたわけじゃないんだ」

勧められた座布団に部長は腰を下ろして、

「その〝バイト先の先輩〟が、ここにいるぼくの従弟（いとこ）と知りあいでね。その涙壺を見て、がぜん興味が湧いたってわけ。自慢じゃないがぼくの家は旧家で、骨董屋（こっとうや）だの古美術店とは付きあいがあるからね。でもほら骨董ってのは、鑑定書とかそれなりの由緒がないと価値が半減するでしょ。だから、そのへんのことを聞きにお邪魔したわけだけど――

ごめんね。もう寝てた？」

「いえ」

青葉は首を横に振った。

前もってアポイントメントを取っての訪問だというのに、寝間着らしいスウェットに、カーディガンを羽織っただけの姿だ。とても十九歳の少女が客を迎え入れる姿勢ではない。おまけにその顔いろは、妙にどす黒かった。

「こっちこそ、こんな恰好ですみません。風邪が長引いてるみたいで、ずっと熱っぽいんです。寝たり起きたりを繰りかえしてるから、なかなか寝間着から着替えられなくって。布団も部屋の隅に寄せただけですけど、見なかったことにしてください」

と弁解する。

しかし不釣り合いなのは、服装や顔いろだけではなかった。

青葉の住処ははっきりと〝古家〟であり〝ボロ家〟だった。築五十年はゆうに超えるだろう、昭和中期に流行った文化住宅スタイルの一軒家である。

若い女の子が住みたがるとは、とうてい思えぬ内外装だ。畳は日焼けで変色してけば立ち、襖はもとの柄もわからぬほど褪せている。天井板には大きな雨染みが広がって、おまけに染みのまわりは黴びていた。

「ボロいでしょ？」

こちらの心中を察したか、青葉が苦笑する。だが白い歯を見せると、ようやく顔が年相応に明るくなった。

「高校を卒業するまで、母と住んでた借家なんです。家賃、すっごい安いんですよ。月一万円しないの。いったんは独立してアパートに住んだんですけどね。この家賃に惹かれて、結局は戻っちゃいました」

そういえば表札に『武市千草・青葉』とあったな、と森司は納得した。おそらく筆頭の〝千草〟が母親の名前だろう。

「失礼だけど、お母さんはどちらに？」部長が問うと、

「あ……今年の春、亡くなりました」

青葉はまぶたを伏せた。

「ごめん」と部長が頭を下げる。

「無神経なことを聞いちゃったね。ご愁傷さまです。よかったら、お線香を上げさせてもらえないかな」

「あ、はい。でもうち、位牌だけなんです。仏壇って、高くてとても買えないし」

と言いながら、青葉が腰を浮かせて襖を開ける。

襖の向こうは、座敷とおぼしき八畳間だった。床の間にも違い棚にも飾りはなく、ぽっかりと空間ばかりが空いている。手前に簡素な供養台があり、位牌の前に蠟燭立てと香炉が置かれていた。

「ほんと、なにもなくって恥ずかしい。お金のことだけじゃなく、あたしって作法もろ

くに知らないんです。母がなにも教えてくれなかったから」

部長、泉水、こよみ、森司の順で、香炉に線香を立てて掌を合わせた。

漂う白檀の香りを背に、部長が尋ねる。

「ところで武市さん、その風邪はいつから引いてるのかな。お医者さんは、どう言ってる？」

「ええっと、夏の終わりくらいから引いてます。医者からは『肺からいやな音もしないし、風邪でしょう』って言われて、いまは市販の風邪薬を飲んでます」

「ということは、それっきり病院は行ってないの？」

「はい。これも恥ずかしい話なんですけど、具合悪くなってからバイト代が減ったせいで、保険料を滞納しちゃってて……。いま持ってる保険証、使えなくなってるかもしれないんです」

青葉が首をすくめる。

そんな、病気になったときのための国民健康保険なのに――と森司は鼻白んだ。病気がゆえに保険料を払えず、保険証が使えないなんて本末転倒ではないか。

部長も同じ思いだったらしく、

「それは困るね。明日にでも、市役所の保険年金課で相談してきたほうがいい。事情を話せば、しばらく減免してもらえるはずだ」

と助言した。

「そっかあ。僭越ながら、武市さんが涙壺を売りたがる気持ちがわかったよ。その体じゃバイトは連勤できない。となれば国保保険料、医療費、生活費が肩にのしかかる。ごめんね。こんなケーキなんかじゃなく、もっとお腹に溜まるものを手土産に持ってくるべきだった」

「あ、大丈夫です。あたし、ごはんよりお菓子優先なタイプだし」

やつれた顔ながら、青葉は笑った。

「バイト先でも、余ったデザートとか店長に分けてもらってるんです。って、これ言ったらまずいかな。廃棄品って、ほんとは持ち帰っちゃ駄目なんですよね。だからオフレコでお願いします。店長もバイト仲間も、あたしが貧乏なの知ってるから、気を遣ってくれるんですよ」

バイト先であるファミリーレストランは、どうやら全国チェーンではないらしい。そのぶん廃棄品どうこうは店長に采配権があるのだろう。病みやつれてはいても、本来の青葉が無邪気で明るい子なのは見てとれた。

「ええとそれで、なんの話でしたっけ。——あ、そうだ市役所。明日にでも、行ってみますね。起きてバイトに行けたら、お昼休みにでも」

青葉は自分に言い聞かせるように言った。

「でもこんなに風邪が長引くなんてはじめて。正直、ちょっと心配なんですよね。もっとほかの、よくない病気だったらどうしようって」

「武市さん。立ち入ったことを訊いてごめんね。……お母さんは、ご病気で？」

部長が問う。

青葉は首を振った。

「いえ。事故でした。散歩中に車にはねられたんです。運転してたのは、八十歳くらいの認知症のお爺さん。警察には『責任能力なしで、罪には問えない』って言われました。保険にも入ってなかったらしくて、被害者のこっちはなにもかも泣き寝入り。ほーんと人生って、うまくいかないことばっかですね」

と、目もとを歪めて苦笑する。

「だからいまは、恰好つけてる余裕ないんです。ぶっちゃけ一円でも欲しいの。バイトだけが命綱なのに、そのバイトにもろくに行けないんじゃ餓死しちゃいます。でも家の中で売れそうなものって言ったら、それくらいしかなくて……」

青葉は、部長の手にある涙壺を指した。

「売るには『鑑定書か由緒が必要』なんでしたっけ？　でもごめんなさい。あたし、なにも知らないの。子供の頃からあったし母の持ちものだとは思うけど、くわしいことは全然なんです」

「そうか、それは残念」

黒沼部長はうなずいてから、低く言った。

「でもきれいな骨董なのは間違いないから、鑑定書なしでも買い手は付くんじゃないかな。お母さんの形見だし、売らずに済めば一番いいんだろうけどね」

「形見」

青葉が目を見張った。

「そっか。気づかなかった。……母の形見なんですよね、その壜」

声を落とし、しんみりと言う。

「でも生きていくためなら、きっとママ――じゃなかった、母も許してくれるんじゃないかな。うちの母って、マジで過保護だったんです。そういうとこ、たまに鬱陶しくて喧嘩になったりもしたけど……。いまとなれば、あたしを一番愛してくれたのって、やっぱり母だったなって思うんです。気づくの、遅いですよね。生きてるうちに、もっと親孝行しとけばよかった……」

目の端に、光るものがあった。青葉はかすかに洟を啜ってから、

「でも大丈夫。あたし明るい貧乏人なんで」と笑った。

「お土産にいただいたケーキも、ちゃんと残さずいただきます。この風邪引いてからは食べても食べても痩せるんで、ダイエットの心配なくなったしね。あはは」

と、紫いろの唇をひらいて笑う。

部長が彼女を手で制し、

「ありがとう。ぼくらはもうおいとまするから、あとは横になっていて。最後に二つ三つだけ、聞かせてくれるかな」

と言った。青葉の眼前に壜をかざす。

「この涙壺、密閉されているのに水が溜まっていくようだけど、気づいた？」

「ああ、水が増えたり減ったりしますよね」青葉は同意した。

「それって密閉されてるんですか？　どこかから水が入ったり、蒸発したりを繰りかえしてるんだと思ってた。うち雨漏りするし、全体にじめじめしてるから」

どうやらなにも知らないらしい。それまで黙っていた泉水が、横から口をひらいた。

「すまない。おれからもひとつ、質問いいか」

「あっ、はあい。なんでもどうぞ」

青葉が途端に目を輝かせる。どうやら好みのタイプらしい。部長に対するのとは、あきらかに態度が違った。

雨染みの付いた天井板を、泉水は指した。

「あの上に、なにがあるのか知りたいんだが」

「え？　さあ、なにもないと思いますけど。しいて言えば天井裏？」

青葉は目をしばたたいた。

「うちは二階がないし、天井裏があって、屋根があって……。それだけだと思いますよ。え、なにか変ですか、この天井？」

青葉に別れを告げ、借家を出る。敷地から離れてすぐに部長は言った。

「彼女は嘘をつけるタイプじゃないね。霊感はないし、なにひとつ知識もないようだ」

「かもな。それより視えたか？　八神」

泉水が振ってくる。

森司は首を縦に振った。

「はい。〝雨漏り〟してましたね。——正確には、雨じゃありませんが」

と空を仰ぐ。空に星は見えず、重い雲が蓋をしている。とはいえ雨や雪が降る様子はなく、アスファルトも乾いていた。泉水は口をひらき、

「おれたちがあの部屋にいた間、天井板の雨染みからは、何度も雫がしたたり落ちていた。そして雫は部屋の畳にじゃなく、そいつに降り注ぎ、溜まっていった」

と、部長の手中の涙壺を指さす。

「ほんとだ。さっきより水が増えてる」

部長は涙壺を街灯に透かした。泉水がつづける。

「おれが幻視した〝眠る女〟は、おそらく武市青葉だな。あの寝間は、壜越しに視たのと同じ部屋だった。そして隅に寄せられていた布団も同一の柄だった」

「武市さんの体調が悪いのは、雫のせいで間違いないでしょう。はっきりと、よくない気配がしました。ただの水じゃあないのは確かです」

と森司も相槌を打つ。

「彼女の母親が今年亡くなった、というのも気になりますね。でも死んだのは春で、具

合が悪くなったのが夏の終わりか。いまいち時期が合わないな」

「供養台から、おかしな気配はしなかった？」と部長。

「なかった……と思います。雫に気を取られすぎて感じなかった可能性もありますが、大きな気配がなかったのは断言できます」

森司は首をかしげて、

「あの家そのものがよくないのかな。でも母親が亡くなるまでは、母子とも普通に生活できてたみたいですよね。じゃあなにかの警告とか？　まさか母親を轢いた犯人はほかにいて、認知症の老人が罪をなすりつけられた――なんて、考えすぎですかね」

「いやあ、わからないよ。まだなんとも言える段階じゃない」

部長が言い、涙壺をポケットにしまう。

「ともあれ、あの家と涙壺について、もうすこし調べてみたいね」

4

しかし家屋のほうは、翌日にあっさりと答えが出た。

「ああ、四丁目の借家やったら瑕疵物件ですよ」

そう断言したのは、バイト帰りに部室へ寄った鈴木瑠依である。

「おれがカオリを捜して〝出る〟物件ばかりを探し歩いとったとき、リストで何度も見た家ですもん。ネット記事にもオカルト雑誌にも載っとった、折紙つきの立派な瑕疵物件ですわ」

「そうか、そういえば鈴木、そっちの話題にくわしいんだったな」

森司は膝を叩いた。彼と知りあったそもそもの契機だというのに、忘れていた。

「じゃああの借家は、以前から〝出る〟ので有名だったわけ？」

ココアを練りながら部長が尋ねる。

鈴木は首を横に振って、

「いえ。リストにお化けマークは付いてませんでした。あの借家をすぐ思い出せたのは、よくある火事マークや縄の輪っかマークやなしに、髑髏マークだったからです。つまりあの家で、誰かが変死したいうことですな」

「変死……。というと該当するのは、事故死とか長期放置の孤独死？」

「ですね。あとは心中なんかも入りますよ。ちなみに殺人はナイフマークです。ちょい待ってください。WEBアプリを確認してみますわ」

鈴木がスマートフォンを取りだし、タップする。

「あ、あった。……ええと『築五十一年の借家。病死歴あり。賃借人でない他人が家に侵入し、持病により死亡。死者と賃借人に面識はなかったという。警察の捜査が入ったが、事件性なしと断定』……」

「なんだそれ？」

森司は思わず声を上げた。

「住人と面識のない他人が家に入りこんだ上、持病で死亡？　わけがわからん」

「あ、待って。ぼくそのニュース覚えてる」

部長がカップを置いて挙手した。

「ぼくが小学生の頃だったから、十年以上前のはず……。うーん、細部はさすがに覚えてないな。でもおおよその概要はわかってるから、ワード検索すれば出てくるかも」

と、ノートパソコンに向きなおってキイボードを叩く。

その手が数分で止まった。

「見つけた。これだ」

ノートパソコンをくるりとまわし、モニタを部員たちに向ける。森司はかがみこんで、鈴木やこよみとともに液晶の文字を目で追った。

週刊誌に載った記事を、有志が再掲したらしいブログであった。

見出しは『屋根裏の危険！　はた迷惑なヤドカリ男』。

部長が言ったとおり、いまから十三年前に起こった事件らしい。借家に住んでいた会社員の男性が異臭に悩まされ、大家の許可を得て業者にハウスクリーニングさせたところ、天井裏から死体が見つかったのだという。

事件性ありとして捜査がはじまったが、疑いはすぐに晴れた。住人と死体の男とはまったく接点がなく、赤の他人と証明されたのだ。

天井裏で発見されたのは、無職の男性Ａであった。年齢は五十二歳。家族は「半年ほど前、ふらっと家からいなくなった。警察に捜索願を出していた」と証言した。

死体のポケットには借家の合鍵が入っていた。また天井裏からは、菓子パンの空き袋や飲みかけの空き缶、タオル、毛布などが見つかった。

「ここで継続的に生活していたのだろう」と警察は断定した。

合鍵は、借家の住人である男性が、元恋人に渡したものだった。元恋人は別れ話のあと、合鍵を借家の郵便ポストに入れて去ったのだ。Ａはそれを物陰から見ていたか、なにかの折りに入手したらしい。

ＷＥＢ記事はこう書いている。

『合鍵の入手経路は、死人に口なしで不明だ。しかし近隣住民によれば〝あの頃、自動販売機のお釣り返却口や、牛乳配達箱をあさるホームレスを何度か見かけた〟そうだ。その延長として、Ａがポストを探った可能性はある』と。

ともかく合鍵を入手したＡは、自由に借家を出入りするようになった。

正規の住人が会社に行っている間に冷蔵庫をあさり、タオルや毛布を拝借した。水道代や電気代が微増していた点からして、日中にトイレや風呂を使い、テレビを観てくつろいでいた可能性も高いという。

住人である会社員は、

「光熱費は引き落としだし、毎月の増減なんていちいち見ていなかった」

「食料の減りが激しいとは思ったが、自分は酒飲みなので、酔った勢いでたいらげたのかと思っていた。もともとずぼらだし、勤務時間が長くて、家には寝に帰るくらいだった。こまかいことは目に入らなかった」

と記者に頭を掻いてみせたそうだ。

警察の見解は、「最初のうちは合鍵で出入りし、住人が帰る前に出ていっていたのではないか。だがある日帰りそびれて屋根裏に隠れたのをきっかけに、住みついたと思われる」

男性Aの死因は心不全だった。想像できる誘因は山ほどある。運動不足。ビタミンをはじめとする栄養の偏り。カルシウム不足による動脈硬化。それらが複合した結果、心筋梗塞を起こしたのではと検視官は推察した——。

「……だ、そうだよ」

黒沼部長は言い、ブラウザを閉じた。

「信じられないような話ですね。家に帰るのが怖くなる」

森司はため息まじりに言った。

「というかこの住人、ずぼらにもほどがあるでしょう。そこまで自宅で他人に好き勝手されて、気づかないなんてあり得ますか？　気配だってするだろうし」

「いやそれが、こういう話って先例がいくつかあるんだよねえ」

部長が肩をすくめる。

「二〇一七年のバージニア州では、女性宅の屋根裏に潜み住んだ男が建造物不法侵入で逮捕されている。天井の足音を不審に思った女性が、大家に連絡。通報を受けた警察が調べると、六十代の男が身をひそめていたんだ。屋根裏部屋には男の荷物があり、あきらかに一定期間以上住んだ形跡があったという。

　また日本では、公園の公衆トイレの屋根裏に三年間も住んでいた男がいた。奇しくも同じ、二〇一七年の逮捕だよ。その男は五十代で無職。約九十二平方メートルもあるトイレの屋根裏に、電気ストーブなどの生活用品をきれいに並べて暮らしていたそうだ。意外と住めるし、意外と気づかれないものらしい」

　やれやれ、と言いたげに部長はかぶりを振った。

「ところでこの記事では、天井裏で亡くなった男性は匿名扱いだね。でもぼくが小学生のとき読んだのは新聞記事で、まだ事件性の疑いがあったからか実名報道されていた。名前がわかれば、もっと詳細に検索できそうだけど……」

「わたし、新聞の縮刷版で探してきます」

　こよみが名乗り出た。

「ちょうど図書館に行く予定がありますから。年度がわかっているので、さほど時間はかからないと思います」

「ありがとう。お言葉に甘えてそっちはお願いするよ。ぼくはその間、お馴染みの『西雲堂』さんで涙壺について調べてこようかな。泉水ちゃんもぼくと来る？　鈴木くんは出かけるの？　そっか、じゃあ二時間後にここで集合ね」

部長が矢継ぎ早に言う。

森司は片手を挙げて、「ではおれは……留守番してます」とひかえめに宣言した。

5

留守番がてら、森司は部室で宝飾店のカタログをめくっていた。

勢いよく引き戸が開く。

「こんにちはー。あれ、みんないないの？　八神くんだけ？」

大学近くの行政書士事務所で働く、元副部長の藍だった。手にモスバーガーの紙袋を持っている。森司は顔を上げ、慌ててカタログを閉じた。

「藍さん、こんにちは。もうお昼なんですね、気づかなかった」

「あら、じゃあまだ食べてないのね。八神くん、チーズバーガー一個食べない？　つい買いすぎちゃったみたいで、部室なら誰か食べてくれるだろうと思って来たの」

ありがたく森司はご相伴にあずかることにした。

さいわいサーバに残っていたコーヒーもきっちり二杯分だ。湯気の立つカップをひとつ藍に手渡し、代わりにチーズバーガーをいただく。

食べながら、森司は「みんなが部室になぜいないか」をひとくさり説明した。

「なるほどね」

オニオンフライをつまんで藍はうなずき、

「でもなんか、んー、気のせいかなあ」とつぶやいた。

「なんです？」

「ううん、あたしの考えすぎかもしれない。ていうかその涙壺(なみだつぼ)、まだ部長と泉水ちゃんしか触っていないんでしょ？」

「はい。言われてみればそうですね」森司は首肯した。

「だったら次は、八神くんか鈴木くんが触れてみればいい。なにか、違う景色が視えるかもよ」

「え……」

どういう意味です、と森司が問う前に、

「ところで」と藍はカタログを指した。

「きみが熱心に観てたのってそれ？　わかるわかる、クリスマスが近いもんね。でもそのお店、学生にはちょっと高級すぎない？」

「あ、これ小山内からもらったんです。あいつの親戚(しんせき)が経営しているそうで、社員割引にしてくれるって」

「へえ、さすが小山内くん。一族郎党総セレブね」

あたしもボーナスでひとつ買っちゃおうかな、と藍がページを覗(のぞ)きこむ。

「藍さんは、クリスマスのご予定は？」

「それが、まだ迷ってるのよ。二十四日は大学のゼミ仲間と、高校時代の仲間と、地元の友達と飲み仲間から誘われてるの。でも家族とケーキも食べたいし、どうしようかなって。まあどっちにしろ、大勢とわいわい騒ぐイヴになると思う」

「あいかわらず人気者ですねえ」

森司は嘆息した。幼少期から揺るがずクラスカーストの頂点にいたという三田村藍は、大学を卒業してもなお引く手あまただ。

彼女の在学中、「その飲み会、三田村さんは来るの？」「三田村さんがいるなら行く！」という声を何十回聞いたかわからない。高価なアクセサリーだって「受けとってくれるなら贈る」と立候補する男は山ほどいるだろう。

「ちなみに部長は、研究室の女性陣とケーキバイキングに行く約束してるらしいわよ。泉水ちゃんは例によってバイト」

「鈴木もバイトだって言ってました。二十四日の夜はみんな休みたがるから、特別手当てが出るんだそうです」

「苦学生は大変ね。でも八神くんもそれなりに大変かあ。クリスマス前に、陸上大会という大イベントをこなさなきゃいけないもんね」

「はあ、まあ」

森司はあいまいに認めた。藍が微笑む。

「どうせきみのことだから、まだこよみちゃんをイヴデートに誘えてないんでしょ。大会でビシッといいとこ見せて、その勢いで誘っちゃえば？」

「ぜ、全部お見とおしですね。はい、そのようにはからいます」

恐縮しつつ森司がうなずいたとき、廊下を歩いてくる足音がした。

引き戸がひらく。入ってきたのは部長と泉水であった。右腕にドーナツ店の大箱を抱えた部長が、

「ただいまー、って藍くんもいたの。でももう食べちゃったみたいだね。ドーナツとホットパイ、いっぱい買ってきたけどいらない？」

「いるー。ドーナツは別腹」

藍が両手を挙げる。

つづいて鈴木、こよみも戻ってきた。部室が一気ににぎやかになる。喧騒にまぎれて、森司はカタログをこっそり自分の帆布かばんに隠した。

「縮刷版で無事、十三年前の新聞記事を見つけました」

フレンチクルーラーを片手にこよみが言う。

「屋根裏で亡くなった男性の姓名は、金城一博さん、当時五十二歳。新聞の日付は九月十八日でした。でもそれ以上の情報はなしです」

「ありがとう。充分だよ」

部長がうなずいて、

「ぼくらのほうは、この涙壺について『西雲堂』さんにおうかがいを立ててきた。過去八十年間にわたって、出品および落札された形跡はなし。保存状態がよくないことから、長年個人の持ちものだったようだ。美術的な価値も低いらしい。とはいえガラス工芸のアンティークは人気が高いから、五、六万の値は確実に付くそうだよ。未出品だから、こちらもそれ以上の情報はなし」

「あー、ほしたら不本意ながら、おれの収穫が一番大きいかもしれません」

と、次いで口をひらいたのは鈴木だった。アップルパイとナプキンを置き、言いにくそうに告げる。

「収穫？　ていうか鈴木、バイト行ってたんじゃないのか」

森司が問うと、鈴木はキャップの庇を下げた。

「すんません。手柄を持ち帰れる自信がなかったんで、黙ってたんです。じつは事故物件めぐりをしてた頃の、同好の士と連絡を取りまして……。会って、あの家の話題を出したら、こいつを貸してもらえました」

彼が取りだしたのは、一枚のDVDだった。

「コピーガードがかかっとって、複製不可なんだそうです。けど今回は、特別に半日だけ貸してくれるそうで」

「へえ。中身はなに？」と部長。

「九年前に放映された深夜番組の、録画データです。同好の士いわく『午前二時半からの三十分放映で、推定視聴率〇・三パーセント以下の激レア番組。マニアな制作会社が完全に趣味で作ったと思われる逸品』。タイトルはそのものズバリで『ザ・事故物件ファイル』です」

「九年前かあ。ぼくはまだ中学生の身だったから、深夜番組までチェックしきれてない頃だな」

興味津々と言った様子で部長はDVDを受けとり、ノートパソコンにセットした。

再生はすぐにはじまった。

映画『サスペリア』のテーマソングとともに、画面いっぱいに〝ザ・事故物件ファイル！〟のタイトル文字が浮かびあがる。妙に昭和っぽいつくりで、なんとも泥くさい。

「十二分あたりまで早送りしてください。例の家は番組のメインじゃなかったんで、五分ほどの紹介ながらも遺族のインタビューが収録されてます」

鈴木が言う。その言葉にしたがい、動画は十一分三十秒まで飛ばされた。

ＣＭが明け、手書きふうの禍々しいフォントが躍る。いわく『事件ファイル3。〝いい子の悲劇〟』。

つづいて映ったのは古い一軒家だ。ぼかし加工されてはいたものの、確かに武市青葉の住む借家であった。

屋根裏で見知らぬ男の死体が発見された――という事件概要ののち、画面が切りかわる。映しだされたのは、和室にあぐらをかいた男だった。

男の顔にはモザイク処理がかかっていた。しかし声は加工されていない。酒焼けした声と口調からして、四十代後半と思えた。

「はあ、警察から電話があって、びっくりしました。知らない人の家で兄貴が死んでた、っていきなり言われて……。いや、最初は信じられませんでしたよ。いたずら電話かと思いました」

兄貴、と呼ぶからには、金城博一の弟なのだろう。

男の背後には、飾り棚と茶簞笥が映りこんでいた。棚に木彫りの熊やこけし人形が並び、障子紙は煙草の脂で黄ばんでいる。

「死んだ兄貴は、おれの一番上の兄です。はい、長男坊ですわ。だすけ親も親戚もみーんな『あんたは長男なんらて』と育てたんです。『長男なんらすけ、墓守はあんたの役目よ。この家はあんたが継ぐんよ。ゆくゆくは親の面倒みねばなんねぇよ』って……。兄貴もまた、超が付くほど真面目な人でね。まわりに言われるがまんま、はいはい言うて大きくなったんです」

うつむき加減で、男はぼそぼそと話した。

「いやこれは、べつに兄貴を責めてるわけでねぇです。兄貴は、ほんにいい人でした。ずうっと〝親のいい子〟でしたもん。すぐ上の兄やおれなんかは、親に反抗して酒も煙草も早よう覚えましたけど、もう兄貴はぜーんぜん。飲む打つ買うどころか、宝くじ一枚にも金を出せん人でした」

男は語りつづけた。死んだ兄がいかに長男の重責を感じていたか、親の言いつけを守って生きていたか、を。

「兄貴は真面目らすけ、成績よかったんです。だども親が『遠げぇ高校行って、なじょすると。どうせ家継いで畑たがやすんでねっか。大学行ぐわけでもねえのに、通うに時間と金かけるだけ無駄だ』って、近くの高校にしか受験を許可しねがったんだ。いま思えば、あの頃から兄貴は無気力になっていった気がします。おれもたいがい鈍いすけ、わかってやれんかったども……」

悔しそうに男は自分の腿を叩いた。

「親はいっつも言うてました。『おまえにはふさわしい嫁を見つけてやる。それまで待っとけ。そこらのろくでもねえ女に、手ぇ出したりすんでねえぞ』って。その言いつけを守って、兄貴は彼女ひとりつくらなんだ。親が行げと言う高校行って、おかしな教師にいじめらっても、我慢して登校して。卒業したらしたで、親の言うなりに就職さえしねがった。ひたすら黙々と畑仕事してましたわ」

「さっき『ふさわしい嫁』とおっしゃいましたが、お兄さんは結婚されていませんよね？」

インタビュアーらしき合の手が入る。男はうなずいた。

「してません。ふさわしい嫁とやらを親が見つける前に、祖父さんが倒れて要介護になってしもうたもの。うちの親のことだ、嫁がいたら嫁におっつけたんでしょうよ。だども来てもらう当てがねえから、兄貴におっかぶせたんです。よそじゃ長男だけお大尽にさせておく家もあるけんど、うちはそんげ家でねがった。ま、おれも兄貴に全部おっつけてたクチだすけ、人のこと言えねえども」

男は煙草に手を伸ばし、やめた。

「弟のおれから見ても、兄貴はようわからん人でした。親父や祖父さんになに言われても、気弱に笑っとるだけでね。おとなしくて、口数すくなくて、酒も博打(ばくち)もやらん。なにが楽しみで生きてるんかな、と思ってました。おまけにやっと祖父さんが死んだと思うたら、今度は入れ違いに親父が要介護になっちまってね。また親父が、動けないストレスで家族に当たり散らすんですわ。だども、兄貴は笑っとった。献身的に親父のおむつ替えて、床ずれができんよう体位変えてやって、三度三度の飯を食わせて……。みんな『兄貴はそういう人なんだ』と決めこんでました。家に尽くすのが不満でない人なんだ、ってね。……そんなわけねえのにさ。たぶん兄貴はこの家で、静かに壊れていったんでないかなあ」

語尾がわずかに、涙で揺れた。

「お兄さんが失踪(しっそう)されたのは、いつです？」

インタビュアーが問う。男はすこし考えこんで、

「あの屋根裏で兄貴が見つかる、半年くらい前かな。まだ寒(さ)みい時期だったもの。きっかけは、なーんとなく覚えてんだ。親父がいよいよ動けのうなって、八つ当たりがひど

くなって、兄貴に怒鳴りちらしてばっかりいるようになった。やれ『孫の顔ひとつ見せてくれねえ親不孝者』だの、『おめえはもっと偉ぐなると思ってた、がっかりだ』だの、『子供のときはよくできても、いま無職じゃあ意味ねえな』だの……。兄貴はやっぱり笑ってた。だどもその罵倒のどれかが、きっと我慢できねえほど胸に刺さったんだろうな。いつものようにへらへら笑って、親父のおむつを替えて寝させたあと、ふらっと家からいなぐなったんだ」

と言った。

「兄貴には、ほんにすまねえことをした。兄貴はおれと違ってちゃんとしてっから、問題ねえと思ってたんだ。だども、そう思うことで実家から逃げてたんだわなあ。後悔してるさ。いまさら遅えども」

「警察には、連絡されたんですよね？」とインタビュアー。

「ああ、いのうなって三日目にした。だども成人が自分の意思で消えるぶんには、なにもしてくれねえんだとよ」

男が今度こそ煙草を一本抜く。火を点け、まずそうに煙を吐く。

「親父は、兄貴がいのうなった四箇月後に死んだ。だすけ、もうちっとだけ辛抱してりゃよかったんさ。そしたら本物の跡継ぎさまになって、兄貴の天下になったのに。もしくは親父がくたばったあと、すぐ帰ってくりゃあ、あんな汚え屋根裏なんかで死ぬこたねがった。……ほんに運がねえ。兄貴はほんに、ツキのねえ人だった……」

画面が切りかわり、借家の映像に戻る。煽情的なＢＧＭが流れだす。

マウスで一時停止を選択して、

「なるほど」

と黒沼部長がため息をついた。

「金城家は、長男絶対主義の家だったんだね。……うーん、耳が痛い」

「だな。本来波長が合わないはずのおれと、半端ながらもチューニングが合った理由がやっとわかったぜ」

泉水も相槌を打つ。

「黒沼家は〝長男がお殿さま〟の家系だから、厳密に言やあ違うがな。だが根っこにあるものは一緒だ。人間よりお家が大事、ってやつだ」

泉水は鈴木のほうを向いて、

「一番の収穫は、確かにこのＤＶＤだ。殊勲賞だな」

と言う。森司も横から同意した。

「まったくだ。こんな貴重なもの、よく貸してもらえたな。それに、いったいなにが不本意なんだ？」

その問いに、鈴木はキャップの庇をさらに下げた。

「いや、それはその」あからさまに言いよどむ。

「あまり言いたないんですがね。おれが帽子を取った瞬間、相手がころっと愛想ようなりまして……。おれを、女と勘違いしたんでしょう、LINEのIDと引き換えに貸してくれたんです。いやもちろん、DVDを返したらすぐブロックしますけども」

「待て。返却するときは十二分に注意しろ」

泉水が真顔で言った。鈴木の肩に手を置く。

「必ず人目が多いところで会うんだぞ。暗がりで二人きりになるな。すぐ通報できるよう、携帯電話をポケットの中で握っておけ」

「大真面目に言わんといてください。よけい落ちこみます」

恨めしそうに鈴木が応える。

番組は「屋根裏で死んだ男の遺体は弟に引きとられ、菩提寺で供養された」ことを最後に告げて、『事件ファイル3』の紹介を終えた。

6

部長の電話が鳴ったのは、泉水が大箱から最後のミートパイをつまみあげたときだ。

「武市さんだ」

発信者を見て言い、部長がスピーカーに切りかえる。

流れだしたのは、確かに武市青葉の声だった。

「あのう、これ雪大のかたの番号でいいんですよね？　いま、どこにいますか？　これからうちに来れませんか？」

声音が興奮にうわずっている。口を送話器に付けているせいか、息づかいまで響く。

「ぼくらはいま大学だけど、どうかした？」

なだめるように部長が言う。みなまで聞かず、青葉は叫んだ。

「母の古い知り合いだっていう人が、うちに来てるの！　あの涙壺を、母にあげた当人らしいんです。でももうお婆さんで、長居はできないって言うから……。ねえ、すぐ来られませんか？」

一同は顔を見合わせた。

「ええと……藍くんは午後も仕事だよね？　それ以外のみんなは大丈夫？」

と部長が確認する。

「じゃあ、泉水ちゃんのクラウンで急行するとしようか。わかったよ武市さん、いまから行くから待っていて」

しかし武市家に着いたときは、遅かった。客人は息子の車で帰ったあとで、供養台に置かれた不祝儀袋だけが、かろうじて来訪者の名残りをとどめていた。

「遅いですよう」

頬をふくらませた青葉が、無遠慮に泉水の腕を摑む。

「ごめんごめん」

部長が青葉の手を、横からやんわりとはずした。

「それで、そのお客さんはなんと言ってたの？　涙壺をお母さんにあげた人だ、というところまでは電話口で聞いたけど」

「ああそう、そうなんです！」

青葉は声を上げた。興奮冷めやらぬ彼女をなんとか座らせ、一同は寝間に腰を下ろした。襖を開けはなしているため、供養台から漂う線香の香りが濃い。

「訪ねてきたのは、七十代か八十代のお婆さんでした。名前は菰田さんと言って、古道具をよく扱う質屋さんなんだそうです」

「ほう。質屋なら骨董には縁が深いね」

「二代目だって言ってました。定年退職してから、お店を親から継いだって。定年前は児童養護施設の職員で、母とはその施設で知りあったようです」

「ということは、お母さんもその施設で働いていたのかな？」

「いえ、そうじゃなくて」

青葉は首を振って、

「母は子供の頃、その施設に保護されていたらしいんです。つまり菰田さんとは、なんていうか、教師と生徒みたいな関係？……母が施設にいたなんて、そんなのはじめて知りました」

と嘆息した。

「えっと、わかりにくいから最初から話しますね。その菰田さんから電話があったのは、一時間半くらい前です。『母なら今年亡くなりました』と言ったらすごく驚いて、速攻でお香典を持ってきてくれたんですよ。『千草ちゃんとは、しばらく疎遠にしていたから知らなかった。ごめんなさい』って謝られちゃいました」

「じゃ菰田さんは、お葬式にはお見えじゃなかったんだ？」

「お見えにっていうか……お葬式自体してませんから。お金がなくって、火葬場で直葬だったんです」

「喪中はがきは？　十二月だけどまだ出してないの？」

「モチュー……？　なんですかそれ」

青葉がきょとんとする。

部長は「うん、それはまあいいや」と話を切りあげて、

「でも長らく疎遠だった菰田さんが、どうして急に連絡をくれたんだろうね」

と尋ねた。

「あ、それはあたしも不思議に思って、訊きました。なんでも古美術とか骨董品を端末で検索できる、業界用のリストデータがあるんだそうです。そのデータで今日『涙壺』のワードが検索された跡があったんですって。それを見て『なんとなくいやな予感がして、ひさびさに千草ちゃんに電話してみた』って菰田さんは言ってました」

部長の仕業だな、と森司は内心でつぶやいた。いや正確に言えば、部長と泉水に頼ま

れて検索した『西雲堂』の主人の仕業だろう。

　青葉がつづけた。

「その検索履歴を見て、菰田さんはうちの母が涙壺を売ろうとしてるんじゃないか、と思ったようです。はっきりは言わなかったけど、お金に困ってるんじゃないか、と察したみたい。で、あたしが『母はもういないし、自分は具合が悪くて働けない』って打ち明けたら、『菰田質店で涙壺を引きとってもいい』と言ってくれました。『もともとは、うちの質流れ品を千草ちゃんにあげたものだから』って」

「質流れ品」

　部長が口の中で繰りかえす。青葉が首を縦にして、

「はい。菰田さん、子供の頃の母にそうとう肩入れしてたみたいです。その児童施設って、身よりがない子だけじゃなく、いろんな事情で親もとにいられない子が保護されてたらしいんですよ。たとえば殴られるとか、ごはん食べさせてくれないとか。うちの母は後者のほうでした。両親が離婚後、継母（ままはは）にいじめられて施設に送られたようです。母の母、つまりあたしの祖母は、病気だったから母を引きとれなかったみたい」

　と、言葉につかえながら説明した。

「菰田さん、言ってました。『わたしも似た境遇だったから、千草ちゃんを他人と思えなかった。涙壺をあげたのは、千草ちゃんのお母さまが亡くなったと連絡があった日よ。質流れ品を子供にあげるなんて、よくないことですけどね。あの子はお母さまのお葬式

にさえ行けなかったから、せめてこれで弔いなさいと、こっそりあげてしまったの』って」

青葉の母は、菰田の言いつけどおり、壺に自分の涙を入れたという。そして蒸発して乾くまで、実母の喪に服した。

菰田はまた、青葉にこうも語ったそうだ。

――千草ちゃんは自分の生い立ちが不幸だったから、幸福な家庭というものに憧れていたの。その憧れが強すぎたんでしょうね。自分の子供にだけは同じ思いをさせたくないと言い張って、とっくに壊れた結婚生活にしがみついてしまったと。

「菰田さんと母が疎遠になったのは、そのせいみたい。菰田さんが『あんな男とは別れなさい』と何度言っても、母は拒否しつづけたんです。でも両親は、あたしが小学生のときに結局離婚したんですけどね。菰田さんは『よかれと思って助言したつもりが、よけい千草ちゃんを傷つけてしまった』と悔やんでました。それ以後は年に一、二回電話するか、年賀状だけの付きあいだったとか」

「立ち入ったことを訊いていいかな。武市さんはいま、お父さんとは？」

部長が問う。青葉は首を横に振った。

「全然会ってません。向こうは再婚したらしいし、あたしもお父さんのこと、よく覚えてないし」

「菰田さんは『あんな男とは別れなさい』と言ったんだよね？　じゃあ離婚の原因は、お父さん側にありそうだ。お母さんからは、離婚の原因はなんだと聞かされてたの？」

「べつに、なんとも聞いてないです。ほら、〝性格の不一致〟ってよく言うじゃないですか。そういうのだと思って、深く考えてませんでした」

そう言ってから、青葉は声を落として、

「……ほんとあたし、ママのことなにも知らなかったんだなあ。祖父母とも会ったことなかったけど、死んだんだと決めこんで深く突っこんでこなかった」

とつぶやいた。

「じつを言うと、この家を出ていく前、あたし母に八つあたりしちゃったんです。なにを言ったかは覚えてないんだけど、なんか子供っぽい、つまんない八つあたり。……もう、永遠に仲直りできないんですよね。後悔してます……」

うつむく青葉に、部長がさらに問うた。

「ねえ武市さん、きみは前に『高校を卒業するまで母と住んでいた』、『いったん独立してアパートに住んだ』と言ってたよね。この借家に戻って住みはじめたのはいつ頃？」

「母が死んでからです」

青葉は答えた。

「最初は直葬までの間だけ、泊まってくつもりだったんですよ。遺体の確認や引きとりで、ばたばたしてたから。でも体調が悪くなってバイト行けないし、こっちのほうが家賃が安いし、戻っちゃえと思って。——ところで」

ふ、と顔を上げる。

「これで涙壺の由来っていうか、由緒はわかりましたよね？　大もとからじゃないけど、一応のエピソードは付いたじゃないですか。どうです、ちょっとは高値になりそう？」

青葉の目は期待に輝いていた。

森司の神経が、はじめてちりっと波立った。

いや、正確に言えば〝はじめて〟ではない。前回会ったときも違和感はあった。

他人に指摘されねば、涙壺を母の形見だと認識できない情の薄さ。供養台に実母の遺影を置かず、水一杯供えない冷淡ぶり。そのさまを他人の目に触れさせて、みじんも恥じない態度。

——これははたして、無知や無邪気の一言で片づけていいものか。

森司はあらためて眼前の青葉を見つめた。

顔いろはやはり悪い。やつれて痩せている。だがその面に、憂いらしき影はなかった。陰影がない。のっぺらぼうのようにつるりとしている。

「ところで武市さん、金城一博という名前に心あたりはある？」部長が尋ねた。

「え？　さあ、知りません」

「じゃあ不動産屋から、この借家についてなにか聞かされたことは？」

「さあ、ここを借りたのはママだから」

青葉は投げだすように答えた。先刻の「涙壺に高値は付くのか」の問いに、部長が答えないことが不満らしい。あきらかに拗ねていた。

青葉の座布団の下から、スマートフォンがなかば覗いている。青葉の視線がちらりと液晶に向く。問答に飽きつつあるのだ、と森司は悟った。青葉の目が、スマートフォンと泉水を素早く往復する。

森司の脳内で、藍の声がよみがえった。

――なんか、んー、気のせいかなあ。

――その涙壺、次は八神くんか鈴木くんが触れてみればいい。なにか、違う景色が視えるかもよ。

部長がコートのポケットを探る。

「武市さん、この涙壺……」

言いながら、ガラスの小壜を取りだす。

ほぼ無意識に、森司は身をのりだしてその壜を摑んでいた。

同時に、目を見ひらく。森司だけではなかった。まるきり同じ動作で、同じタイミングで鈴木が手を伸ばしていた。まず森司が壜をもぎ取り、つづいて鈴木が触れる。

背後から、誰かが肩を摑むのを森司は感じた。振りかえるまでもなかった。泉水だ。

瞬間、痺れに似た衝撃が森司の体を貫いた。

壜に触れた掌から脳天、足の爪さきにまで走った衝撃だった。

衝撃は音であり映像であり、体験であり記憶だった。
すべて他人の記憶だ。いや、人ではない——。涙壺に染みついた記憶を、その瞬間の森司は視ていた。まるで走馬燈であった。

涙壺は青葉の母、武市千草と長年ともにあった。
千草の手に涙壺が渡ったのは、彼女が十歳の秋だ。
それは実母が死んだ秋でもあった。千草は悲しみを表に出せず、緘黙状態に陥った。ちいさなその手に、施設職員の菰田はそっと美しい小壜を握らせてくれた。「誰にも言わないでね」との、ひそやかな言葉付きで。

言われたとおり、千草は涙壺を肌身離さず持った。誰にも見せなかった。教えのまま涙を壜詰めにし、菰田に封臘をしてもらった。壜の中で涙が完全に乾いてしまうまで、毎晩眠る前に掌を合わせた。

千草は、六歳で実母と生きわかれた。

祖母とうまが合わず疎まれていた実母は、ちくちくと隠し針で刺すような嫁いびりの末、鬱を発症した。病気と診断がおりた途端、父は実母をすげなく離縁した。実母は実家に帰された。千草の親権と養育権は、病気を理由に父がとった。

実母と入れかわるように家にやって来たのが、継母だ。
離婚からわずか二箇月後の再婚であった。

継母はすでに妊娠していた。幼い千草には、その意味がわからなかった。祖母がお腹の子を男児と知って狂喜したわけも、掌を返して継母を大事にし、千草に邪険になった理由も理解できなかった。

腹違いの弟は無事に生まれ落ちた。「跡取りだ」と祖母は有頂天になった。継母を誉めそやし、弟を溺愛する一方、千草をあからさまに無視するようになった。

一方の継母は、千草に終始冷たかった。彼女はしばしば継子を入浴させず、着替えを渡さず、「お仕置き」と称して食事を抜いた。

見る間に千草は痩せ、薄汚れた。笑顔が消えて口数も減った。クラスでは「くさい」「骸骨」といじめられるようになった。

見かねた担任教師が、何度か継母に電話をかけて注意した。しかし継母は「はあ、すみません」と気のない声で言うのみで、態度をあらためはしなかった。

八歳の夏、千草は児童養護施設に保護された。

道のなかばで倒れ、病院へ搬送されたのがきっかけだ。医師は一目見て「栄養失調による全身衰弱」と判断した。

千草はがりがりに痩せ、肋骨どころか頬骨が浮いていた。夏休みで給食にありつけなかった彼女は、固形物を五日以上口にしていなかった。医師がただちに通報したため、回復を待っての施設送致が決まった。

施設でも、千草は独りだった。

職員の菰田がなにかと気にかけてくれたものの、やはり孤独だった。実母が死んだとの報せに、彼女はいっそう精神的孤立を深めた。

「わたし、ゴサイさんみたいには絶対ならない」

継母つまり父の後妻を、千草は「ゴサイさん」と呼んでいた。

「あんな生きかた、絶対にしない。でもお母さんみたいにもなりたくない。わたしは大好きな人の子供を産んで、愛情いっぱいに育てるの。子供が結婚して家を出てからも、一生仲良くするの」

千草の親は、彼女に愛情を与えなかった。だが学費だけは出してくれた。施設から彼女は中学に通い、高校を受験した。寮付きの高校であった。合格を機に施設を離れ、さらに大学へも進学した。

夫と出会ったのは、大学でだ。

彼は千草とは正反対だった。無邪気と言っていいほど明るく、甘え上手だった。楽天家で他人に寛容で、「おれはべつにいいよ」が口癖だった。人とけっして争わない、穏和な性格に千草は惹かれた。

交際している間はよかった。結婚した後も、しばらくは幸せだった。

しかし千草が妊娠すると、すべては一変した。

夫は金遣いが荒くなり、外泊が増えた。千草が「どこへ行っていたの」と訊いただけで、彼女を叩くようになった。

「おまえ、施設にいたんだってな」

ある夜、酔った夫は歯茎を剥いてそう笑った。

「隠しとおせた、と思ってたか？　残念。うちの親が結婚前に身上調査したから、とっくにバレてんだよ。それでももらってやったのは、『ああいう育ちの子のほうが、身のほどをわきまえている』ってママが言ったからさ。まあ家柄と生まれは、それなりにまともだしな。人並みに結婚できたんだから、せいぜい感謝しろよ」

と。

千草は約十年耐えた。

夫の態度はひどくなる一方だった。気分次第で殴られ、嘲られた。生活費をもらえない月も多く、ラブホテルの清掃と内職をかけもちしながら娘の青葉を育てた。

離婚の二文字は、何度も頭をよぎった。しかしそのたび、かつて自身が言いはなった言葉が枷になった。

――わたし、ゴサイさんみたいには絶対ならない。

――でもお母さんみたいにもなりたくない。わたしは大好きな人の子供を産んで、愛情いっぱいに育てるの。子供が結婚して家を出てからも、一生仲良くするの。

それは枷というより、もはや呪縛だった。唯一親身になってくれる菰田の『別れなさい』という助言をも、千草は突っぱねつづけた。

約十年、千草はその呪縛にとらわれつづけ――敗れた。

しがみつくしかなかった結婚生活。思い描いていた幻の幸福。そのふたつに、ついに白旗を揚げたのだ。

きっかけは夫の浮気だ。浮気されるのははじめてではなかったが、そのときの相手は、娘の青葉と六歳しか違わない女子高生だった。

――六年経てば、青葉も同じ歳になる。

夫にとって性欲の対象範囲となってしまう。その事実に千草は打ちのめされた。

さいわい、夫を有責とする材料にはこと欠かなかった。行政と人権団体の手を借り、一年半かけて離婚した。

取り決めた養育費は、たった二回払われただけで踏み倒された。しかし、離れられただけで幸運だと思った。

娘とともに、千草は家賃の安い借家へ引っ越した。

菰田には最低限の連絡先だけ教えておいた。「それ見たことか」と言われるのがいやだった。助言を拒みつづけた羞恥もあった。

借家は手入れのよくない古家だった。黴も湿気もひどかった。だがほっとできた。ここには自分たち母子だけだ。酔っては殴る男も、意地悪な継母もいないのだ。そう思うだけで心が安らいだ。

千草は早朝から夜まで働いた。帰宅後はテレフォンアポインターのバイトをし、家事をし、青葉の宿題を見てやった。

心の支えは、あの涙壺だった。青葉が眠ってしまうと、千草は罎を蛍光灯にかざし、飽かずその輝きに見入った。亡き実母と気持ちが通じ合える気がした。

だが亀裂は、思いのほか早くやって来た。

年を追うごとに、娘の青葉は夫そっくりになったのだ。

よく言えば無邪気で明るく、楽天的。悪く言えば自己中心的で、いやなことからは徹底して逃げる。目先のことしか考えず、他人に興味が乏しい。

実母である千草にさえ、青葉はほとんど関心を持たなかった。「母イコール、自分の世話をして尽くす人」としか思っていないようだった。

千草は涙壺の逸話を、何度も青葉に話して聞かせた。しかし青葉は覚えるそぶりすらなかった。しまいには「しつこい」「聞き飽きた」とこれ見よがしに顔をそむけた。

青葉が中学生になると、親子喧嘩はほぼ毎晩だった。

「こんなボロ家、大嫌い。早く大人になって出ていきたい」

「クラスのみんなが自分のスマホ持ってるよ。ママと共有なんてあたしだけ。恥ずかしい。家に友達も呼べないし、最低」

確かに二人は貧しかった。古い借家はじっとり湿り、雨漏りがひどかった。

——こんなはずじゃなかった。

天井からしたたる雨を見るたび、千草は胸中でつぶやいた。こんなふうになるはずじゃなかった。いったいどこで間違えたんだろう。わたしはただ、ちいさな幸せが欲しかったけなのに。

そんな夜は決まって、涙壺に雫が溜まっていく錯覚を見た。溜まっていくのは雨であり、自分の涙であり、鬱屈だという気がした。

ある深夜、千草ははっと目覚めた。

狭い家ゆえ、母子は同じ部屋で毎晩寝ている。すぐ隣で、青葉が寝息をたてていた。その寝顔を、千草は見つめた。

いつまでもいつまでも、無言で見つめていた。

古家が瑕疵物件であると知ったのは、それからすぐのことだ。

むろん、薄うすは勘づいていた。この借家の家賃は安すぎる。敷金礼金なしで家賃一万円以下、保証人なしの物件はここ以外にない。あり得ない条件だった。

――そうか。この天井裏で亡くなった人がいるのね。

なぜか千草は、恐ろしいと感じなかった。ただ哀れに思った。こんなところで一人きりで死なねばならなかった背景と、彼の孤独に思いを馳せた。

月日は流れ、やがて冬が来た。

寒くなると、夫に殴られた古傷がしくしく痛んだ。しかし千草は働きつづけた。あいかわらず青葉は不平ばかりで、ねぎらいの言葉ひとつかけなかった。

その夜も青葉は、母子共有のスマホをいじりながら愚痴りつづけていた。

「友達はみんな、専門学校行けるんだよ。高校出てすぐ働かなきゃいけないのなんて、仲間内であたし一人。なんであたしばっかり。なんでいつも、あたしばっかり」

そもそもあなたの成績で進学は無理よ。そう喉もとまでせり上がった言葉を、千草は呑みこんだ。知能どうこうでなく、青葉にはやる気がまったくなかった。

——外ヅラだけはいいのも、お父さん譲り。

そう千草が口の中でつぶやいたとき、足に鋭い痛みが走った。

かつて夫に灰皿を投げつけられ、折れた腓骨だ。とうに癒着しているのに、季節の変わり目にしばしば激痛を発した。

千草は思わずうずくまった。青葉が立ちあがるのが、気配でわかる。

だが娘は、母に駆け寄ろうとはしなかった。代わりに冷ややかな声で、こう言った。

「……また痛むの？　でもそれ、治療できないのママのせいだよね。うちにお金がないのは、全部ママのせい。なんで離婚なんかしたわけ？　なんであたしのために、もうちょっと我慢してくれなかったの？　ママって、ほんと自分勝手」

青葉が部屋を出ていく。ぴしゃりと襖が閉まる。

千草は、動けなかった。

胸の奥が冷えていく。凍るほどに冷えつき、固く固く凝っていく。

愛情が底を尽きた、と千草は悟った。いまこの瞬間、娘に対する愛情は完全に消えた。

代わりにこみあげたのは、自分でも驚くほどの憎しみだった。

高校を卒業し、宣言どおり青葉は出ていった。ウエイトレスのバイトをはじめ、市内のアパートに住みついた。保証人は、バイト先の店長に頼んだという。

千草の心は空虚だった。なんのために生きてきたんだろう、と思った。

夫や娘に尽くしても、体を壊す寸前まで働いても、なにひとつ報われなかった。夫は再婚したらしい。娘は離れていった。残ったのは、やはりあの涙壺(なみだつぼ)だけだ。

そんな矢先、彼女は吐血した。

咳(せき)が止まらなくなり、シンクにかがみこむと、口から鮮紅色の血がどっと溢(あふ)れたのだ。

千草は呆然(ぼうぜん)とした。

そういえばこのところ、体調が悪かった。でも風邪だろうと言い聞かせていた。まさか血を吐くなんて。悪い病気だろうか。まさか、命にかかわる病では——。

——なんのために生きてきたんだろう。

いま一度そう思った。

だいそれた願いなんて、抱いたことはない。ただ家族が欲しかった。親子三人、つつましく仲良く暮らしたかった。その程度の望みさえ、わたしには分不相応だったのか。

ふらり、と千草は家を出た。

行くあてがあったわけではない。ただ、外の空気を吸いたかった。

その後に起こったことは、不運の連鎖としか言いようがあるまい。

真横から暴走車が突っこんできた。運転していたのは、認知症の男性だった。千草は失意に沈んでおり、車の存在に気づくのが遅れた。

千草の眼が暴走車をとらえたのは、死の一瞬前だった。
駄目だ、と彼女は悟った。避けられない。わたしは死ぬ。アスファルトに叩きつけられ、一人ここで死んでしまう――。

その刹那、千草の脳を灼いたのは強い憎悪だった。継母を。父を。腹違いの弟を。かつてのクラスメイトたちを。元夫を。自分自身を。そしてとりわけ娘の青葉を、深く憎み、呪った。

暴走車に撥ねられた彼女は、数メートル先の道路に頭から落下した。

即死だった。だが燃えたつような憎悪は、いまだ空気に色濃く漂っていた。

遺体確認や引きとりのため、青葉はいったん古家に戻ってきた。突然の母の死に、身も世もなく泣きくずれた。演技ではない心からの涙だ。

青葉は鈍感だった。自分の言動に無自覚だった。母親の悲嘆も憎悪も、想像の埒外だった。警官も近隣の住民も、みな青葉に同情した。青葉の肩にこびりつく薄黒い影に、気づく者は誰もいなかった。

その晩、青葉は古家に泊まった。

大気に溶けた千草は、娘の寝顔を見下ろしていた。ふと、頭上の気配に気づく。

天井板がずれ、隙間から一人の男が覗きこんでいた。

千草から、思考能力はすでに失われていた。それでも彼女にはわかった。この男は同類だと。自分と同じ、ちっぽけな望みさえ許されなかった者なのだと。

——家のため、長男らしくあらねば。

——家族のため、母親らしく娘を愛さねば。

なにもかも無駄だった。なにひとつ、手に入ったものなどなかった。抑圧されつづけた二つの人生が、激しく共鳴した。


森司は、思わず呻いた。頭痛が襲う。耳鳴りがひどい。

共鳴して呼応するふたつの魂が、悲鳴を上げている。その悲鳴に飲みこまれそうだ。

そうして森司は視た。

眼前に、古びた和室がひらけている。青葉が住む古家の、まさに彼らが集まっているこの一室だ。

けば立った畳に一組の布団が敷いてある。眠っているのは若い女だ。青葉だった。

そのかたわらに、黒い影がひとつ静かに座っている。そしてもうひとつ、天井裏から下を覗きこむ影がある。

どちらの影も、眠る青葉を見つめていた。あたたかい視線ではなかった。とくに座る影は、はっきりと青葉を憎んでいた。手に、見覚えのある涙壺を握っている。森司の神経にまで、びりびりと障る憎悪だった。

天井から、ねっとりと液体が垂れてくる。雨など降っていない。雨漏りではない。それにこの粘性の液体は——。

森司は頭上を見上げた。

古家の天井板に、大きな染みが浮いている。ずっと雨染みかと思っていたが、違った。人間のかたちをした、焦茶いろの染みだ。

その刹那、森司は悟った。

屋根裏に関する記事は、表現をやわらかくしてあった。金城一博の死体が見つかったきっかけは、異臭程度ではなかったのだ。

当時の住人は勤務時間が長く、出張も多かった。「家には寝に帰るくらい」だった。ちょうど季節は夏だった。金城一博の死体は、屋根裏でただちに腐乱していった。死斑（しはん）が浮き、膨れあがり、やがて茶いろい汁をじくじくと滲（にじ）ませた。その腐汁が部屋の畳にしたたって、住人ははじめて死体の存在に気づいたのだ。

森司はなおも視た。

ふたつの影が青葉を見下ろしつづけている。一人はかたわらから、一人は天井板の隙間から。

天井からしたたる雫（しずく）を、かたわらの影は涙壺（なみだつぼ）で受けていた。

眠る青葉の口に、座る影が涙壺を近づける。そっと傾け、中身を飲ませていく。青葉が目覚める様子はない。だが涙壺から粘った液体を飲むごとに、すこしずつ寝顔が歪（ゆが）む。顔いろが、どす黒く変色していく。そう、二箇月、三箇月をかけてじりじりと――。

窓から月の光が射した。かたわらの影の顔が、うっすら見えた。

女だ。若くはない。しかしその面差しは、武市青葉とひどく似ていた。

「——……っ！」

声にならない声を上げ、森司は幻視を振りはらった。

汗が匂った。自分の冷や汗だと気づくまでに、しばし時間がかかった。手は、部長からもぎ取った涙壺を握りしめていた。

すぐ近くにいる鈴木と、無言で目を見交わす。鈴木の瞳にも同じ恐怖が浮いていた。

肩越しに振りむく。今度は泉水と目が合った。彼もまた、まったく同じ光景を視たらしい。口に出さずとも、その表情でわかった。

「どうしたんです？」

青葉がきょとんと問うてくる。

「あ、いや……」森司は答えられなかった。

眼前で青葉が目をしばたたいている。いぶかしそうに彼ら三人を眺めている。やつれてはいるが、十九歳のあどけない顔であり、邪気のない表情だ。

だがいま、森司は青葉が怖かった。

恐ろしくてたまらなかった。

7

「――それはまた、大変な思いをしたわね」

　コーヒーのカップを手に、ご苦労さま、と藍が嘆息する。

「大変というか、疲れました。というか藍さんが抱いた違和感のとおりでしたよ。さすがです」

　森司は頭を下げた。ところはオカルト研究会の部室である。コーヒーと焼き菓子を前に、藍を囲むかたちで部員全員が集まっていた。

「いやほんと、右に同じ」部長が同意する。

「ぼくらは本能的に女の子に甘いし、こよみくんは聡明(そうめい)でも人を見る目は……だし。やっぱりオカ研(うち)は、藍くんがいないと駄目だねえ」

「なにをおだてモードに入ってるのよ」

　藍はかるくいなして、「で、そのあとはどうしたの？」と問うた。

「それがですね……」

　森司はうつむいた。

　あのあとは森司も鈴木も、そして泉水も黙りこくってしまった。様子がおかしいとみた黒沼部長が助け舟を出さなかったら、一同は無言のまま、そそくさと退散する羽目になっていただろう。

「この家は、お祓いをしなくちゃいけないみたいだ」

咄嗟の判断で、部長は青葉にそう告げた。

「オカルト研究会と言うだけあって、じつはこっちの三人は霊感があってね。うん、どうやらこの家はよくない。悪いものが渦巻いてる。その影響できみのお母さんも迷っているようだ。つまり成仏できてないんだ。ね、八神くん。そうだよね」

「え、あ、はい」

慌てて森司はうなずいた。

「そのとおりです。ぼくらオカルト研究会ですから、そういうのわかっちゃうんです。なっ、鈴木」

「ええ、はい。まあそうです」

揃って首を縦に振る彼らに、青葉が目を見ひらく。

「成仏できてないって……。じゃあママ、まだこのあたりにいるんですか？」

両手で頬を押さえる。

「やだ、どうしよう。えーと、怖いけど、仲直りしたいかも。あ、でも〝悪いもの〟もいるんだっけ？　要するにここって、幽霊の巣なんですか？　いやだあ」

「まあまあ、落ちついて。そういうわけで武市さんの体調が悪かったのは、おそらく霊障だと思うよ」

部長が割って入った。

「というわけでお祓いしよう。それがいい。でも準備が必要だから、集合はまた後日ってことで。武市さんはしばらく友達の家にでも泊めてもらったほうがいいよ。じゃあね」

早口でまくしたて、一同は古家から逃げだした。

「――と、その日はそれで切りあげたんです」

森司は言った。藍が呆れ声で、

「そんな、いきあたりばったりな。うちのメンバーは、誰もお祓いスキルなんて持ってないでしょうが」

「そうなんだよねえ。そこで、泉水ちゃんがアイディアを出してくれた」

と部長があとを引きとる。

「後日あの古家に行って、天井裏にICレコーダを置いてきたんだ。かのDVDはコピー不可だったが、レコーダを使えば音声の録音はできる。金城一博さんに対する弟さんの謝罪の言葉を録って、天井裏にエンドレスで流してきたのさ」

――兄貴には、ほんにすまねえことをした。兄貴はおれと違ってちゃんとしてっから、問題ねえと思ってたんだ。

――だども、そう思うことで実家から逃げてたんだわなあ。後悔してるさ。

「そのICレコーダは三日後に回収した。目論見どおり、金城さんの気配は屋根裏から消えていたよ。彼の価値観はさいわい〝家族第一〟のままだったようだ。弟さんの言葉を聞いて、『理解された、報われた』と思ったんだろうね」

「それはよかった。……でも、武市千草さんは？」

藍がカップを置く。

「肝心なのは、彼女のほうでしょう」

「ああ、それは──」

部長が答えかけたとき、呼び出し音が鳴った。彼自身の携帯電話である。送信者を見て部長は眉をひそめ、一同に向かって「静かに」の仕草をしてみせた。

スピーカーフォンに切りかえる。

「はい、黒沼です」

「あ、部長さん？　青葉です！」

きんきんとよく響く、明るい声だ。まぎれもなく武市青葉であった。

「あれから体調がみるみるよくなって、バイトにも復帰できました。ほんとうにありがとうございます！　それと、あの借家は契約を切りました。いまは女性専用のネットカフェで寝泊まりしながら、次のアパートを探してます」

「そっか。よかったね、うん」

部長が熱のない相槌を打つ。

藍がペンを持ち、手もとのメモになにやら書きつける。森司はその文字を目で追った。

「涙壺はどうなったの？」という文字であった。

どうなったかといえば、あの古家に置いてきたのだ。つまり青葉のもとにである。誰もあの甖(びん)に、二度と手を触れたくなかったからだ。

しかしICレコーダを回収しに行ったとき、森司は駄目もとで青葉に言ってみた。

「お母さんに謝ってください」と。

「まだお母さんはここにいます。誠心誠意謝れば、通じるかも。だから謝ってください。ええと……向こうも、あ、あなたと仲直りしたがっています」

後半は嘘だった。だが、言うだけ言ってみた。

青葉はといえば、その助言をすんなり受け入れてくれた。

「ごめんなさい、ママ。言うこと聞かない娘でごめんね。いまは感謝してるわ」

と訴えかけ、さめざめと泣いた。

気がつけば、青葉が握りしめる涙壺(なみだつぼ)から雫(しずく)は消えていた。

一見、感動の場面だった。しかし森司も泉水も、痛いほど感じていた。千草は永遠に娘を許しはしないこと、いまだ憎悪で固く凍りついていることを。

だが千草は、すでに無力だった。

金城一博はもういない。一人きりで生きている人間に障りを為(な)せるほど、千草は強くない。あれはあくまで、金城と呼応したからこその霊障であった。

青葉の通話は、いまだつづいている。

「ほんと、ありがとうございました！」明るい声を彼女は張りあげた。

「あの涙壷は売らないことにしました。あたしの涙を入れて、ママにお供えしようと思います。お供養台？　ああ、そっちはリサイクルショップに売っちゃったけど、心の中でお供えしとけば、きっと大丈夫ですよね！」

　通話が切れた。

　なんとも言えぬ沈黙が、部室に落ちる。

「……まあ、あれだ」

　眼鏡をはずして眉間を揉み、部長が言った。

「無神経ゆえの残酷さというのは、十代特有だからね。……いずれ彼女も親になって、千草さんの気持ちがわかる日が来るかもよ」

　誰も相槌は打たなかった。

　森司は無言でコーヒーを啜った。いつもは美味なブレンドが、その日ばかりはやけに苦かった。

1

市立初浪小学校と中学校は、隣接して建っている。

校舎と体育館は完全に別ながら、グラウンドは共有である。ここだけ聞くと不便そうだが、実際は充分な広さで、テニスコートがあり、サッカーゴールがあり、ナイター設備だって整っている。

そして初浪小中学校が共有するのは、グラウンドだけではない。俗に言う〝学校の七不思議〟が、なぜか小学校と中学校にわたって存在するのだ。

一、初浪小学校の音楽室では、夜中にピアノがひとりでに鳴る。
二、同じく小学校の美術室に飾られたモナリザは、深夜に顔を変える。
三、小学校の北校舎へ向かう非常階段が、夜には十三段に増える。
四、深夜に小学校のトイレの鏡を覗（のぞ）くと、自分の死に顔が映る。
五、誰もいない小学校の体育館で、夜中にドリブルの音が鳴る。
六、小学校の理科準備室では、午前三時になるとホルマリン漬けの標本が動く。

ここまでは「小学校」と、「深夜」もしくは「夜中」のワードが共通する。内容もごくありきたりな、全国どこにでもあるような怪奇譚だ。しかし最後のひとつは、すこしばかり趣が違う。

——七、夜の初浪中学校にはササラ先生がいる。

これだけなのだ。

ササラ先生が誰なのか、はっきり知る生徒はいない。ササラ先生が夜中になにをするのか、出くわしたらどうなるかも不明だ。諸説があり、どれが真説かもわからない。

それでも生徒たちは噂する。季節が変わり年が変わり、卒業と入学を繰りかえし、何年経とうと、ひそやかにその不思議は語り継がれる。

——夜の中学校には、ササラ先生がいる。

と。

2

午後七時四十五分。まさにその初浪小中学校のグラウンドで、森司はスタートダッシュの練習を繰りかえしていた。

かつての陸上部コーチは「スタートそのものより、中盤までの加速が大事だ。要は、加速に繋げられるスタートができるかだ」とよく言っていた。さらに「スターティングブロックを蹴るコツや、最適なタイミングは個々によって違う。体で覚えろ」とも言った。

その教えを忠実に守りつつ、森司はその夜も黙々と、ストイックにスタート練習に打ちこんでいた。

いや正確に言えば、ストイックに打ちこみたかった。もっと正直に言ってしまえば、ストイックに打ちこんでいると思ってほしかった。

誰に、など愚問だ。グラウンドの端には、今日も意中の美少女が立っている。双眼鏡は「親に事情を打ちあけたら没収された」らしく、その黒目がちの瞳で一心に練習を見つめている。

さらに今夜は、藍までもが見学に来ていた。

チームのメンバーは、新たな女性の登場に色めき立った。ついでに同じグラウンドで練習する、別チームのメンバーまで目の色を変えた。

第三走者の亀和田はといえば、またも森司をヘッドロックで捕まえた。そして前回と同じく端まで引きずっていくと、

「び、美女が増えてるじゃないか」と声を殺して呻いた。

「こないだはお一人だったのが、お二人になった。つまり倍だ。美女の視線が二倍。八神くん、おれはな、高校も大学も男まみれの理系で、しかも現在は研究職の独身三十二歳なんだ。ここ二十年、まともにしゃべった女といえば母親くらいのものだ。女と縁のないことに定評があるおれの目の前で、美女二人の応援を受けるなんてきみは、

もう犯罪だきみを訴訟」

「落ちついてください」

森司は亀和田を押しとどめた。

「違います。藍さんは大学の先輩なんです。いや正確には今年の春に卒業されましたが、まだサークルでの付きあいがつづいてまして、彼女は灘と仲がよくてそれで」

「聞いたか？　先輩だってよ」

第一走者が隣のメンバーにささやいた。

「年上か」第二走者も唸る。

「おれ年上大好き」

「リードしてもらえそう。さん付けも燃えるな」

「うらやましい……」

「やめてくださいって」

森司は怒鳴った。

「藍さんとは、ほんとにそんなんじゃないですから。ただの先輩です。灘の付き添いとして来ただけです」

「灘だってよ」第一走者が再度メンバーに耳打ちする。

「聞いたか？　呼び捨てにしたぞ。親しさをさりげなくアピールしやがった」

「やはり付きあってるな」

「彼女にいいところを見せる気だ。ちくしょう青春だなあ」

「うらやましい……」

と騒ぎ騒がれたのが、わずか十分前のことである。

完全に面白がられている、と森司は胸中でつぶやいた。亀和田だけは本気っぽいが、ほかのメンバーはあきらかに森司で遊んでいる。リーダーの永橋いわく、「ごめんな。みんな娯楽がないんだ」だそうである。だがそう言う永橋自身とて、

「うーん、前回会ったときも思ったが、三田村さんはおれのタイプど真ん中だ。独身だったら、土下座してでもLINEのIDを教えてもらうのに」

などとこっそりコメントしていた。どうにも不届き者が多い。

——まあ、それはひとまず置いとこう。

本番が目前に迫っているのだ。雑念より、いまは練習あるのみだ。

さて次のメニューは……とつぶやきかけ、森司はふっと背後を振りむいた。

視界を占めたのは、初浪中学校の校舎だった。冬の夜空を背景に、陰鬱な灰白色の肌をさらしてコの字形にそびえている。

見慣れた光景のはずだ。でも、なんだろう。今夜のこの気配。どう形容したらいいかわからないが、どこかいつもと違うような——。

校舎を見上げる森司に、

「どうしたんですか、先輩?」と声がかかった。

はっとして首を戻す。傍に、タオルを持ったこよみが駆け寄っていた。イヤーマフなしの耳先が、寒さで赤くなっている。息を吐くたび、口もとにあえかな綿菓子が盛りあがる。

「ああ、いや……」森司は額に手を当てた。

「なんでもない」

3

オカ研の部室は、その日も頬が火照るほどあたたかだった。

温度計は二十六度を指し、床では加湿器がしゅんしゅんと蒸気を吐いている。室内には淹れたてのコーヒーと、バニラエッセンスの香りが漂っていた。

長テーブルを隔てて客人の向かいに座るのは、黒沼部長、森司、こよみ、泉水の四人だ。卓上には湯気の立つカップと、客人が手土産に持ってきた柚子と紅茶のタルト。クリスマス仕様なのか、タルトには柊とベルの飾りが付いていた。

「えーと雛子さん、それは当時、校内で不幸な事故があったってこと？」

と訊いたのは部長だった。

院で部長の先輩にあたるという早乙女雛子は、

「そういうこと。もう十年も前になるわね。わたしが初浪中の生徒だったとき、クラスメイトが校内で死んだのは」

とうなずいた。

名前のとおり、可憐な女性である。部長よりひとつ年上のはずだが、化粧気のない頬といいストレートロングの黒髪といい、高校生でも通りそうだ。脱いだコートを膝に置き、カップを両手の袖先でくるむように持っている。

「と言っても、事故とはっきり断定はできないの。警察は最終的に事故死で片付けたけれど、ほんとうのところはどうだか……。とにかく、おかしな事件だったのよ」

「だろうねえ。わざわざオカ研の部室にまで話しに来たんだから」

と、アールグレイ風味のタルトをもぐもぐやりながら部長が言う。先輩後輩の仲とはいえ、親密なようで敬語は使っていない。

雛子が困ったように眉を下げて、

「ここからは笑わないで聞いてほしいんだけど、いい？……うちの小中学校にはね、俗に言う〝七不思議〟があったの。夜中にピアノが鳴るとか、誰もいない体育館からドリブルの音がするとかいう、その手のあれよ」

「ああ、定番だね」

「そうなの。ひとつめから六つめまでは、よくある定番なのよ。でも最後の七つめだけが、ちょっとおかしいの」

そこで言葉をいったん切り、

「――いわく『夜の中学校には、ササラ先生がいる』」

と雛子は言った。

「ササラ先生……って、なに？」

部長がごくんとタルトを呑みこむ。

「わからない」雛子は首を振った。

「ただし、噂はいろいろあったのよね。わたしが在校中に耳にしただけでも、三つ四つあったわ。たとえば『ササラ先生はプールで溺死した。だから夜にプールを荒らすと、ササラ先生が目覚めて家までやって来る』とか、『いやササラ先生は屋上から飛び降り自殺したんだ。だから夜の屋上に無断侵入すると、ササラ先生が来る』とか、『そうじゃなく、先生は図書室で血を吐いて死んだ。だから夜中に図書室に行くと……』といったふうに。『コックリさんでササラ先生を呼び出した生徒が、夜中に家を訪問された』って説もあったかな。ともかく、共通しているのは〝ササラ先生が校内で死んだ〟ことと、〝ササラ先生を刺激すると、夜に家までやって来る〟こと」

「ふうん、面白い」

部長が眼鏡を指で押しあげた。

「七不思議系で〝ササラ先生〟なる伝説はぼくも初耳だ。校内で亡くなった生徒、もしくは教師が祟るパターンは珍しくないが、肝心の内容に諸説あるのが奇妙だね。で、雛子さんの元同級生の変死と、そのササラ先生はどう関係するわけ？」

「それもまた、よくわからないの」

だから確定してる事実だけ話すわね——と、雛子は困り顔のまま語った。

十年前に死んだ雛子の元級友の名は、荻島と言ったそうだ。渾名はオギ。女子生徒たちには「オギくん」と呼ばれていたという。当時、中学二年生の十四歳だった。

荻島はいわゆるお調子者で、目立ちたがり屋だった。その年齢に見合って、虚勢を張りたがる癖もあった。

ある日の自習中、数人の女子生徒が七不思議の話題で盛りあがっていた。そこへ割って入ったのが荻島である。

「ササラ先生ってなんだよ、馬鹿くせえ」と嘲笑したあげく、

「そんなもん、おれが全部の噂を否定してやるよ」

と彼が大げさに宣言してしまったのが、ことのはじまりだ。

「おう、やれやれー」「やると言ったからには、マジでやれよな？」と囃したてたのは、無関係な男子生徒たちだった。日頃から、荻島の虚勢を嘲笑っていた面々である。

かくして引くに引けなくなった荻島は、宣言どおりに夜中の学校へ忍びこんだ。

中でも意地の悪い野次馬数人が、「逃げずにやりとげるか見届ける」と言い、夜の校舎前に集合した。

と言っても、警備の目をかいくぐって校舎内へ入ったのは荻島だけだ。彼が携帯電話

片手にSNSで実況中継するのを、野次馬たちは校門のまわりで笑いながら鑑賞した。

荻島はまず夜中のプールに侵入した。次に図書室へ行った。音楽室や教務室を走りまわり、ひとつひとつ〝ササラ先生の噂〟を潰していった。その実況動画は、SNSにもアップロードされた。

「さて、ラストの屋上！」

というツイートが更新されたのが、その夜の午後十一時三十二分だ。

屋上への扉の鍵がどこにあるかは、全生徒が知っていた。体育館などの鍵とともに、教務室の壁にずらりと吊るされていたのだ。ツイートには屋上の扉と、階段をのぼる荻島自身のスニーカーの画像が添付された。

だが、それが最後の更新となった。

荻島はそのまま、姿を消してしまったのである。

彼の帰還を待ちくたびれた野次馬たちは、無責任にも午前〇時半に解散した。「どうせ校内で寝ちまったんだろう」と、親にも警察にも報せなかった。

そして、朝になった。荻島の親は「息子がいない。靴も携帯電話もない」と知り、ただちに一一〇番通報した。

報せは学校側にも届いた。校内は蜂の巣をつついたような騒ぎとなり、生徒の数人が、

「昨夜、オギくんがこんなツイートをしていた」

と教師に注進した。それでも野次馬たちは、叱られるのを恐れて黙っていた。

二日経っても、三日過ぎても荻島は姿を見せなかった。

警察の判断は「事件性が皆無とは言えない。なれど家出の可能性も高い」。

自分の意思で、荻島が家を出たことははっきりしていた。そして十四歳の男子ともなれば、力ずくでの誘拐はほぼ不可能だ。自発的な家出で事件性がないのなら、警察は捜索をしない。

そのまま一週間が経った。荻島の行方は依然、杳(よう)として知れなかった。

しかし、八日目に異変が起こった。あの夜、校舎前に野次馬として集まった一人が、

「昨日の夜、オギが家に訪ねてきた」

と担任教師に泣きついたのである。

その生徒は、教師にあらいざらいぶちまけた。「やると言ったからには、マジでやれ」と数人がかりで荻島に迫ったこと、実況中継を校門の外で笑いながら観ていたことを白状した。同メンバーの名も全員ばらし、

「今夜また、オギが来たらどうしよう。先生、お願い。守ってください」

と半べそをかいた。

告げ口されたほかのメンバーは「裏切者」と怒った。しかし、その怒りは持続しなかった。彼らのもとにも順に、夜中に荻島がやって来たからだ。

時刻はたいてい、午前二時から三時の間だった。

「眠っていると、部屋の窓ガラスを叩(たた)く音がするんだ」と全員が証言した。目を覚ます

までその音はつづき、起こされた者がベッドを出て窓辺に立っても、なおつづくのだと。

「おれだよ」

外から窓を叩く音とともに、声はそうささやくのだという。

「おれだよ。なあ、出てこいよ。——遊びに行こうぜ」と。

全員が「オギの声だった」と断言した。

「でも窓は開けてない。窓どころか、カーテンさえ開けられなかった。だって——見たくなかったから」と、彼らは口を揃えた。

教師たちは、誰一人として真に受けなかった。ただ彼らの頭に拳骨をくれ、「二度と馬鹿げた真似をするな」と叱りとばした。

「夜中にオギくんが来た」ことは生徒の中でのみ噂され、広まっていった。

ササラ先生を怒らせたせいだ。ササラ先生にさらわれたのだ——と、ひそかに、まことしやかに取り沙汰された。

荻島の死体が見つかったのは、さらに一週間後のことだ。

彼は校庭の木に引っかかり、逆さにぶらりと垂れ下がっていた。その垂れた腕を、校務員が早朝に発見した。登校時間前に警察が遺体を回収できたのは、不幸中のさいわいであった。

検死の結果、荻島の死亡時期は約半月前と判明した。つまり野次馬メンバーの家を〝声〟が訪問してまわっていたとき、とうに彼は死んでいたことになる。

報せを聞いた野次馬たちは皆、「そんなはずがない」と叫んだ。うち数人が校内カウンセリングに、残りは心療内科に通うようになった。

警察は短い捜査のあと、荻島の死を事故と断定した。

不可解な点は多かったが、死体に外傷はなかった。心臓麻痺(まひ)としか判断しようがなかったのだ。

遺族には「屋上に侵入した夜に、誤って落下し死亡。死体はどこかに引っかかっており、後日に校庭の木へ落ちるまで発見できなかった」と説明された。

遺体に骨折や打撲など〝落ちた〟形跡がなかった点は、なぜか言及されなかった。


「……と、ここまでが、十年前の事件」

カップを両手に持ったまま、雛子はそう声を落とした。

「おかしな話でしょう？　なにからなにまで非科学的だし、不合理で非現実的よね。でも事実や流れた噂を総合すると、こうとしか言えないの。わたしを含む全校生徒が集団ヒステリーを起こして、幻覚でも見ていたのかと疑うくらい」

「ふうむ」

部長が首をかしげた。

「確かに集団ヒステリーで幻覚や妄言を生じるケースは、ないではないよ。でも実際にクラスメイトが一人亡くなってるんだし、死体発見までの経緯を考えると、やはり幻覚るのよ」

の一言じゃ片付けにくいね」

「黒沼くんにそう言ってもらえると、安心するわ。でもね、この話にはまだつづきがあるのよ」

雛子はため息まじりに言った。

「――他人には、はじめて打ちあける話よ。じつはオギくんは……夜中に、わたしの家にもやって来たの」

重い声で彼女はつづけた。

「そもそも、わたしたちがいけなかったんだわ。最初に〝七不思議で盛りあがった女子生徒たち〟がいたって言ったでしょ？　その輪の中に、わたしもいたの。わたしを含む四人で、自習時間にしゃべっていたのよ。そこへオギくんが割りこんできて、からかいだして……。こっちがムキになったから、彼はヒートアップしたんだと思う。わたしがあのとき『はいはい』と適当にかわせていたら、彼はあんな馬鹿な真似、しなかったかもしれない」

「それは結果論だよ」部長が言った。

「雛子さんだってほんとはわかってるんでしょ？　仮定の話で自責してたら、きりがない。それに雛子さんたちが、彼に行けと命じたわけじゃない。荻島くんの死に責任があるとすれば、それは彼自身のほかにないよ。彼は自分の意思と、自分の足で夜の校舎に踏み入ったんだ」

「そう思いたいけど」

雛子はまぶたを伏せた。

「でもあの夜、わたしは確かにオギくんの声を聞いたのよ。窓越しに『おれだよ、開けてくれ』って言われた。……開けなかったわ。カーテンをほんのすこし、ずらしてみることさえしなかった。応答はしたけどね。でも『明日学校で会いましょう』と言い張って、絶対に開けなかった。だって」

声が、わずかに詰まる。

「だって――わかったの。オギくんの声をしていたけど、あれはオギくんじゃなかった。わたしの知らないなにかだった。なぜか、それだけははっきりわかった」

ササラ先生だ、と当時の雛子は思ったという。

ササラ先生が、オギくんのふりをしてやって来たのだ――と。

「それこそ非科学的よね。でも過去にこういう体験をしたからこそ、わたしは理系の道に進んだのかもしれない。自分の耳が聞き、自分の脳が判断したことを否定したくて、わたしは生命理学と実験にのめりこんできた」

「でも雛子さんは、今日ここへ来たじゃないか」

部長が言う。

「うちはオカルト研究会だ。オカルトといえば非科学的どころか、世間じゃ異端のキワモノ扱いだよ。その部室にまで足を運んでおいて、十年前の思い出話で終わるわけじゃないよね？　ここからが本題でしょ？」

「……いつも思うけど、黒沼くんがモテない理由はそこよね」

雛子は苦笑した。

「話が早いのはありがたいけど、ずけずけ言い過ぎ。やっぱりお隣の従弟くんみたいに、どっしり構えて待つスキルがないと」

「なるほど、そうかも」と部長はうなずいて、

「でもまあモテないのは慣れてるし、いまは雛子さんの〝本題〟のほうが興味あるんだ。それにちょうど先日、ぼくたちはまさにその初浪小中学校のグラウンドに行ったばかりだしね」と言う。

雛子が目をまるくした。「えっ、それっていつのこと？」

部長が日付を言う。涙壺事件で、練習する森司を迎えに行った夜のことだ。

息を吐き、雛子はパイプ椅子の背もたれに寄りかかった。

「残念。——と言うべきかわからないけど、その日はまだ起こっていなかったわ。でも当然よね。つい一昨日のことだもの。まだ親御さんですら、たいしたことじゃないと高をくっているし」

森司は口を挟まず、黙って聞いていた。だが次第に胸がざわつき、背すじが寒くなりつつあった。

初浪中学校。一昨日グラウンドで感じたあの気配。まるで校舎全体を、すっぽりと薄

黒く覆うような――。

雛子は短い息をひとつ吐き、

「じつは十年前と、ほぼ同じことが起こったの」

と言った。

「ほう。と言うと？」

部長が前傾姿勢になる。

「まったく同じではないんだけどね。でも、概要はほぼ同じ。共通点は少年が一人失踪したことと、ササラ先生の謎に挑戦するため、校舎へ忍びこんだ当夜に消えたこと。そしてSNSで実況しており、屋上へ向かう報告が最後だったこと」

「では、相違点は？」

「ひとつ目は年齢ね。今回消えたのは十五歳の中学三年生。次に、彼の親は『ふざけているだけだ。どうせすぐ帰ってくる』と思っていて、大ごとにする気がない。三つ目は、消えた少年自身は屋上へ行っていない。彼は後輩を〝行かせた〟ほうの立場だったの。地上へ後輩が戻ってきたとき、彼は忽然と姿を消していた」

雛子は一拍の間を置いて、

「そして最大の問題はね。その〝屋上へ行かされた後輩〟の一人が、わたしの甥っ子だということよ」

と言った。眉間の皺が、彫りこんだように深い。

「歳の離れた長兄の子で、いま中学二年生。その甥が所属するバスケ部の先輩が消え、甥はその当事者、というわけ。……ごめんなさい。あとは本人に話してもらうわ。黒沼くん、ビデオ通話アプリ入れてるよね？　甥っ子たちが待ちかまえているから、アプリ越しに話を聞いてあげてちょうだい」

4

「はじめまして。早乙女幹太と言います」

ノートパソコンのモニタに映る雛子の甥は、上下とも紺の制服姿だった。

窮屈そうに折った足の角度で、座っていても長身だとわかる。ごく自然に整った眉と、涼しい切れ長の眼が印象的だった。

一目見て「うーん、女子にモテそう」と森司は思った。おまけに、顔にどこか見覚えがある。流行りのアイドルに似ているのかな、と考えかけ、いや違うと打ち消した。テレビで見たのは確かだが、誰かに似ているのじゃなく――。

「あ、こっちは女子バスケ部の大江田さんです」

「はじめまして。大江田遥です」

幹太の隣に座る、同じく制服姿の少女が頭を下げた。

いかにもスポーツ少女といった雰囲気だ。きりっとしたショートカット。猫のように丸みを帯びたアーモンドアイ。まっすぐな瞳と、若竹のごとく伸びた背すじが目に心地よい。

「えっと、だいたいのことは雛ちゃ——じゃなくて、叔母から話してくれってお願いしといたんですけど。おれ、しゃべるのあんま得意じゃないし。……駄目でした？」

幹太が言葉を選びながら言う。歳の近い叔母を、どうやら普段は「雛ちゃん」と呼んでいるらしい。

黒沼部長が手を振った。

「べつに駄目じゃないよ。それに、あらたまった態度は取らなくていいからね。ぼくは雛子さんの後輩だし、ここにいる部員一同、みんな彼女より目下だ。アプリで呼びだしたのは、きみの口から先輩の失踪事件について聞きたかったからだよ」

「あ、はい」幹太の頬に緊張が走った。

「じゃあ、さっそくいいかな。『どうしてきみたちが、夜中の学校に行く羽目になったか』から話してくれる？」

と部長が口添えする。

幹太はうなずき、一、二回の咳で喉を整えた。

「えー、はい。じゃあそこから話します。まず、いなくなった先輩は楢木さんと言って、バスケ部の一個上の先輩です。その人が遥にちょっかい出したっていうか、変に絡んできたのがはじまりで」

と切りだす。さっきは「大江田さん」だった呼び名が、早くも「遥」になっていた。

「あのう、これ言うと悪口みたいになっちゃうけど、楢木先輩ってちょっとめんどくさい人なんです。レギュラーでもないのに、部長のご機嫌とりして大きな顔してる人。去年の夏休み明けから茶髪にして、そっから急に雰囲気が変わりました。なんていうか、おれたち後輩に威張るようになって、女子には横柄になって……。だから女子部員には嫌われてたんです。でも楢木先輩は、避けられれば避けられるほど面白がって」

「そうです。あの日も、ほんとうにしつこかったんです」

遥が大きくうなずいた。

「午後練の最中でした。雨だったから野球部やテニス部も屋内練習で、みんなで交替しながら体育館を使ってた日です。テニス部の筋トレが終わるのを、わたしたち女子部員は体育館の隅で待ってました。そのとき、ちょっとおしゃべりしてたら……楢木先輩が、割りこんできて」

遥は顔を赤くした。

「ガキっぽくて恥ずかしいけど、そのときのわたしたち、学校の七不思議について話してたんです。美術室のモナリザとか、ササラ先生の噂とか。そしたら楢木先輩が急に割りこんできて、『馬鹿じゃねえの』ってからかってきました。それだけじゃなく、わたしの伯父のことまで持ちだして……。『霊感少女気取りかよ、おまえ痛てぇよ』って、みんなの前でさんざん囃したてられました」

「失礼。その〝伯父さんのこと〟って?」部長が口を挟む。

「……えっと、うちの伯父はですね……」

遥は言いよどんで、

「なんというか、イタコみたいなことをやってた人、らしいんです。青森の恐山で、お婆さんたちがやってるようなアレ。親戚は〝口寄せ〟とか、〝仏さまを降ろす〟とか言ってました。でもいつ〝降りて〟くるかは伯父本人にもわからなかったから、商売にはしてなかったみたい。その伯父はかなり前に亡くなったんですけど、まだ覚えてる人も多くって……」

と唇を噛んだ。

「そんな伯父を持つわたしが、怪談に参加してたのが楢木先輩には面白かったみたいです。『霊感少女を気取って、目立とうとしてる』『注目を浴びたくて必死だ』と騒ぎはじめました。女子部の部長が止めてくれたけど、全然聞かないんです。男子はみんな、にやにやしながら見てるだけだし。……そしたら、見かねた幹太くんが、間に入ってくれて」

「いや、おれが入っても、逆にこじれさせただけだったんすけど」

幹太が神妙にうつむく。遥が首を振って、

「そんなことないよ。助けてくれて嬉しかった。楢木先輩、強い人とか有名人には弱いでしょ。だから幹太くんには、いつも腰が引けてたもん」

「有名人？」

思わず問いかえしてから、森司は「あっ！」と声を上げた。

「思いだした。きみ、早乙女夫妻の息子さんか！」

どうりで顔に見覚えがあるわけだ、と膝を打つ。ローカル番組ながら、テレビに何度か出演していたのを観たのだ。そのたび、画面に必ず打たれていたキャプションは『日本バスケ界の親子鷹』――。

「ああ、はい。そうです」

幹太が照れたように視線をそらす。

一方、スポーツ全般に疎い黒沼部長はきょとんとしていた。そんな彼に森司は向きなおり、早口で説明した。

「部長、彼のお父さんである早乙女選手はですね、いまは引退しましたがBリーグ、つまり日本プロバスケのスター選手だったんです。ちなみにお母さんも元Wリーグ所属。夕方のローカルニュースに、何度も親子で出演しておられます」

「いや、あの、それはいいですから」

顔を赤くする幹太をよそに、「へえー」と部長が嘆息し、雛子を見やる。

「ということは、そのバスケ選手って雛子さんのお兄さん？　姓が同じだから、そういうことだよね。へえ、全然知らなかった」

「おれもだ」泉水がぼそりと言う。

「やめて」

雛子が慌てたように両手を振った。

「その話は本題と関係ないでしょう、忘れて。わたしは長兄と違って運動音痴のガリ勉女だったから、まわりに知られても損しかなかったの。今後も誰にも言わないで」

強く釘を刺されてしまった。部長が苦笑する。

「まあそうだね。そこは本題じゃない。ごめん遥ちゃん、つづけてくれる？」

「あ、はい」

遥はうなずいて、

「えっと……それで、幹太くんが楢木先輩を止めてくれたんです。でも後ろに男子部のみんながいたし、大声で騒いだ手前、先輩は引っこみがつかなかったみたいで……とにかく、すっごくしつこかったんです」

言葉を切り、思いきり顔をしかめる。

「わたし、無視して立ち去ろうとしました。なのに『逃げるのかよ』って……。さすがにカチンと来たから反論したら、幹太くんも加勢してくれました。でも売り言葉に買い言葉っていうか、『逃げてない』、『逃げてないんなら証明してみろ』って、話がどんどんおかしな方向にいっちゃって、それで」

それで気づいたら、夜の校舎に行くことになってました――と遥は肩を縮めた。

「くだらないですよね、すみません。頭に血がのぼってて、楢木先輩を言い負かすのに夢中だったんです。おまけに、幹太くんまで巻きぞえにしちゃった。わたし一人で行くはずだったのに、幹太くんが『女子一人で行かすわけにいかない』って……。夜中に、こっそり抜けだして来てくれたの」

騎士道だなあ、と森司は感心した。さすが早乙女選手の息子だ。ルックスだけでなく、言動まで男前である。

幹太は「たいしたことじゃないって」と謙遜してから、携帯電話を取りだした。

「その夜のことは、説明するよりおれのSNSを確認してもらったほうが早いです。楢木先輩は校舎に入らず、銀杏並木の下で待ってる役でした。おれたちに『逐一SNSで実況しろ。下で確認してるから、サボるなよ』と命令して……」

幹太は、携帯電話の液晶をこちらへ向けた。

SNSの画面が表示されている。アカウント名は『CAN太』。アイコン画像は、有名なロールプレイングゲームのヒロインである。

「先輩が消えてしまってから、ずっとSNSには鍵をかけてました。でもいまは一時的に開けています。すみませんが、いまのうちにフォローしてくれますか？」

森司はさっそく自分の携帯電話で検索した。すぐに目当てのアカウントが出てくる。フォローを終えてから記事を見ると、最後の更新は一昨日だった。

同じ日付でアップされた画像は、どれも真夜中の校内を写したものだ。

確かに屋上まで行ったらしい。手すりや床のコンクリートタイル、階段などの画像が全部で八枚アップロードされている。

「いまは屋上の鍵は、誰でも取れるようなとこには置いてません。でも錠が甘くなってて、コツさえ知ってれば開くんです。そのコツは先輩たちから伝授されるんで、二年生ならたいてい知っています」

「ははあ。ほんとに行くとは根性あるねえ」

と部長が感嘆して、

「で、きみたちが屋上から戻ってきたら、先輩くんはいなくなってたんだ？」

「はい。……でもその晩は、てっきり黙って家に帰ったんだと思ってました。おれたちにだけ馬鹿やらせて、自分は帰ってあとで笑いものにするとか、楢木先輩がやりそうなことですもん。でも昨日登校してみたら、先輩は来てなかった。今日もです。おれ、叔母から十年前の件について聞いてたし、なんだか似てるな、と気づいたら怖くなっちゃって……。それで、叔母に相談したんです」

「なるほど。そして雛子さんからさらに、ぼくらのとこに話が来たわけね」

部長がうんうんと首を縦にする。

「で、先輩くんの失踪について、学校はなんて？」

「騒ぐな、の一点張りです。あの、これは自慢じゃないですけど、おれのフォロワーって八百人くらいいて、その大半が校内の生徒なんです。だからあの夜の実況をリアルタイムで見てたやつは、かなりの数いました。そいつらが噂を広めたから、先輩が消えたことはたぶん全校生徒が知ってます」

「それでも学校は『騒ぐな』で、先輩くんの親は『どうせすぐ帰る』と言ってるの？　ずいぶん見通しが甘いねえ」

「楢木先輩、前にも家出したことあって……。だから親と先生は『またか』って思ってるようです。そのときは、五日くらいで帰ってきたらしいけど」

「前科持ちなんだね、納得。どっちみち大ごとにしたくない学校側としちゃ、親が騒がないのは好都合だろうさ」

　そう部長がうなずいたとき、

「で、〝来た〟のか？」

　と泉水が横から言った。

「その失踪した先輩とやらは、夜中にきみたちのところへ来たのか？　言えることは、いまのうち全部言っておいたほうがいいぞ。真夜中の声と、訪問。それ以外のこともだ。口に出したくない気持ちはわかるがな」

　遥の頬が、かすかに引き攣った。幹太の袖をつまむ。顔を寄せてささやく。

　しばしの相談ののち、二人はカメラに向きなおった。口をひらいたのは幹太だった。

「すみません。あの、お察しのとおりです。楢木先輩は――来ました。昨夜のことです。寝ていたら、真夜中に窓ガラスを叩く音がして……」

　――おれだよ。

——出てこいよ。なあ、遊びに行こうぜ。

「……間違いなく、楢木先輩の声でした」

幹太の頬は、血の気が失せて白っぽくなっていた。

彼は落ち着きなく指を組みなおして、

「もちろん、窓は開けませんでした。カーテンの隙間から、外を覗いて見たりもしなかった。おれ、『行かない』ってはっきり言いました。でも、あの手この手で開けさせようとしてくるんです。『おまえは冷たいやつだ』、『前からひどいやつだと思ってたんだ』、『おまえの秘密を黙っててやるから、ちょっとだけ開けろ』、『腹を割って話し合おう』って……」

呻くように言う。遥が首肯して、

「わたしのところにも来ました。すっごく、怖かった。だってあの声、先輩が知らないはずのことまで、いっぱい知ってたんです。去年わたしが部活で行きづまっていたこととか、家族のこととか、全部。……楢木先輩の声をしていたけど、あれは絶対に先輩じゃなかった。あれは——」

ごくり、とつばを飲みこむ。

「あれは——ササラ先生だったと思います」

一瞬、部室が静まりかえった。

部長がふうと息を吐いて、

「なるほど」と声を落とす。

幹太が遥を肘で突いた。遥は彼をちらりと見、すこしためらったあと、あきらめたように口をひらいた。

「あと、これも言ってしまいます。もしかしたら、わたしの気のせいかもしれませんけど……」

つかえながら、言葉を押し出す。

「あの夜、屋上から楢木先輩を見下ろしたとき、……変だったんです。先輩が、一人じゃないように視えた。まわりに何人かいて……。先輩は、笑ってました。あんなに距離があって、表情なんか見えるはずなかったのに、笑っているのがわかりました」

遥の目じりがこまかく痙攣していた。

「わたしは、伯父とは違います。これまで霊とかお化けなんて視たことなかったし、関係ないと思ってきました。でもあのとき……。なんだろう、すごく近かったんです。わたしたち、あの夜はそういうものと近かった。……ごめんなさい。わけわかんないこと言ってますね、わたし」

「いや」

部長がかぶりを振る。

「そんなことはない。大丈夫、ちゃんと通じてるよ」

彼は伸びてきた前髪を払って、

「うん。確かにここまでは十年前の事件とほぼ同じだ。今後も同じルートをたどるというなら、先輩くんは近いうちに死体で見つかることになる……。その悲劇だけは、なんとか回避しなきゃね」

「はい。お願いします」

遥は胸の前で、拝むように掌を合わせていた。

「正直に言っちゃうと、いまの楢木先輩はあまり好きじゃありません。でも、死ぬなんていや。絶対に、無事に帰ってきてほしいです」

瞳が潤んで揺れていた。

「だよね」と部長が首肯する。

「まずは、ぼくらのほうで〝ササラ先生〟について調べてみるよ。土着の怪談には実際の事件なり事故なり、たいてい元ネタがあるものだ。長年語り継がれる怪談は、継がれるに足る背景を抱えている。要するに、ササラ先生は実在した人物かもしれないってことさ。——それから」

部長はモニタに身をのりだした。

幹太と遥に向かって、ひとさし指を立てる。

「今後もおそらく、先輩くんの声をしたなにかが夜中に来るだろう。でも、けっして窓を開けてはいけないよ。カーテンの隙間から覗くのも駄目だ。無視するのがベストだが、もし我慢できなかった場合でも、拒絶の言葉以外は言っちゃいけない。いくら懇願されようが、声の言いなりにはなるんじゃないよ」

5

ビデオ通話アプリを切って外に出ると、すでに世界は暗くなりかけていた。

まだ午後四時だというのに街灯がともっている。雪国の冬は日が短い上、夕焼けの茜がほぼ見られない。昼の顔から、いきなり漆黒の夜へと装いを変える。

「じゃあ、今日はここでさよなら。ぼくと泉水ちゃんは研究室へ――」

と大学院棟を指しかけた部長が、

「あ、矢田先生」

と声を上げた。

森司もつられて首を曲げた。確かに非常勤講師の矢田だ。見覚えのない男と話しこんでいたが、部長の声に反応して「おう」と振りかえる。

「オカ研の諸君じゃねえか。ひさしぶりだな」

ジャージの上下によれよれの白衣を引っかけた、あいかわらずのスタイルである。無精髭の顔はむさ苦しいが、くしゃっと崩れる笑顔が人なつこい。

「こちらこそ、ご無沙汰してます。そちらはお友達ですか？」

「ああ、こいつは……」

「きみら現役の大学生？　いやあ若いなあ、若さがまぶしいよ」

矢田の紹介をさえぎって、ずいと男が割りこんでくる。本能的に、森司はこよみを自分の背後に隠した。

「サークルの仲間かな？　いいねえ、飲み会あったらおれも誘ってよ。こっちに戻ってから、女の子と飲む機会なくてさあ。金出しゃ相手してくれるお姉ちゃんのお店に行こうにも、肝心の金がね。あはは。やっぱ素人の女の子がいいよ。いやー、ひさびさに大学来たけど、女子大生ってほんと最高」

一見、若い男かと思った。しかしよく見れば矢田と同年代だ。

三十代後半だろうに、若づくりすぎる流行のヘアスタイルに、同じく流行の眼鏡フレーム。口調といい外見といい「チャラい」としか表現しようのない男であった。

「いや、あの」

こよみを背にかばったまま、森司はへどもどと首を振った。

「すみません。あんまりおれたち、飲み会とかしないんで」

「はあ？　なっさけねえな。二十代なんて、飲みざかりの遊びざかりじゃんか。おれがきみらの歳には毎晩合コンに明け暮れて、二日酔い三日酔いなんて当たりまえだったぞ。最近の若者は覇気がないねえ。それでも男か？」

ケッ、と吐き捨てられる。

「な、矢田？　あの頃が懐かしいよな。おれたちの時代といえば——……」

「やめろ」

矢田がしかめ面で制した。

「昔話の押しつけなんて、それこそ年寄りくせえ。必死の若づくりが泣くぞ。いいから、おまえは駐車場で待ってろよ」

「はいはい」首をすくめ、男が駐車場の方向へと歩き去る。

矢田はため息をついて、

「すまんな。……昔はあんなじゃなかったんだが」とこぼした。

「進学で関東に越して以来、なにに毒されたのか知らんがあの始末だよ。いつまでも若いつもりでいやがるから、こっちが恥ずかしい」

「『こっちに戻ってから』ということは、帰省中なんですか？」

森司が問うと、矢田は大げさに手を振った。

「いやいや、本格的に戻ってきたのさ。あいつ、就職がうまくいかなくて長年ポスドクでくすぶってたからな。おれに紹介できる職場があれば、と思って協力したんだが……どこでもあの調子だ。やんなっちまうよ」

と苦笑する。

ポスドクとはポストドクターの略称だ。つまり大学院博士課程修了者を指す。

欧米では正規の研究職に就く前段階を意味するが、日本ではなかなか研究職に空きがなく、就職できない博士課程修了者のことも含む。『ポスドク問題』と言われ、一種の社会問題とまでされつつあるようだ。

　矢田を見送ってから、森司はほっと息をつき、こよみの前からどいた。

「……鈴木がいなくてよかったな」

　ぽつりと泉水が言う。部長がうなずいて、

「だね。こよみくんは八神くんが守るとしても、鈴木くんまで手がまわらない。かといってぼくらが彼を守るというのも……」

「そ、そういう話題にあいつを出すの、やめてやりましょうよ」

　森司はひかえめに彼らを止めた。

「ところで、おれは今夜も練習で初浪中のグラウンドに行きます。何か、やっとくべきことってありますか？」

「そうだなあ。練習メンバーの中に、初浪の卒業生がいるか探してくれる？　もし見つかったら〝ササラ先生〟について知っているか、または由来について知っていそうな人がいるかも訊いてほしいな。ぼくらはぼくらで、いろいろ当たってみるけどね。じゃあ、練習がんばって」

　部長がひらひらと手を振り、泉水をお供に離れていく。

　振りかえした手を森司はおろした。ふとかたわらを見る。こよみが待っていた。

　森司はひとつ咳ばらいして、

「えー、そういうわけで、さっきも言ったように今夜も練習なんだ。……灘も、来る？」

「はい。見学に行かせていただこうかと」

「あー、うん、そうか。じゃあ練習の前に、おれはメシを済ませないといけないから……ええと、もし暇だったら灘も、夕飯を一緒に、というのはどうかな」

たったこれだけの台詞を吐くのに、わざとらしい咳を五回も挟んでしまう。

「先輩、風邪ですか？」

「いや大丈夫。いたって健康。……そ、それより、夕飯のほうはどう？　もちろん駄目だったらいいんだ。無理せず気軽にことわってくれていい」

「いえそんな」

こよみが手を振った。

「ことわるわけありません。ちょうどわたしも、今日は夕飯を早めに済ませたいと思ってたんです」

「そうか。そ、それは奇遇だ」

激しく咳をしつつ、森司はこよみと六時に『白亜』へ行く約束を取りつけた。別れ際にこよみは「よかったら」と、咳止めドロップを二つくれた。

翌日、森司は部室に顔を出してすぐ、

「さっそく初浪中の卒業生が見つかりました。チームメンバーの一人がそうでしたよ。他チームにも二人いて、休憩時間に全員から話を聞けました」

と切りだした。

部室には泉水以外の部員が揃っており、練りココアの香りが満ちていた。

「三人とも〝ササラ先生〟について知ってました。でも年代によって、認識に差があるようですね。二十代の卒業生は学校七不思議のひとつとしか把握してませんでしたが、三十代の卒業生のほうは、いわれの一部とおぼしき噂を知ってました。『おれが小学生のとき、やけに騒がしかったのを覚えてる。中学校に、誰か部外者が侵入したんだ。屋上から落ちて死んだらしい。ササラ先生の逸話ができたのは、それからだ』と」

「ありがとう。ぼくらのほうも、あちこち聞き込みしてきたよ」

部長が応じる。

「まずは、初浪中学校の履歴を四十年前までさかのぼってみた。でもササラという教師は存在しなかった。笹良(ささら)、簓(ささら)、佐々良(ささら)、笹羅(ささら)……と、どう変換しても該当しない。次に、ササラ先生伝説について『昔、屋上から落ちた誰かの祟り(たた)』だと証言する卒業生が、雪大構内で複数見つかったよ。ちなみに全員が、『兄もしくは姉から聞いた』と言っていた。兄姉の大半は三十代だったから、八神くんの聞き込み結果と一致しているね。さらにそのうち一人から、『事故じゃないでしょ？　数人がかりで屋上から落としたって聞きましたよ』という証言が得られた」

「数人がかりで……？　じゃあ先生云々(うんぬん)じゃなく、いじめの一種だったんでしょうか」

こよみが眉(まゆ)をひそめた。

「どうだろう。まだなにもわかっちゃいない」

　と部長が首を横に振り、

「そして最後にもうひとつ。ササラ先生伝説は、人気があって、過去にも挑んだ生徒が何人となくいるらしい。中には酔って校舎に闖入したり、器物を壊したりと、犯罪まがいの乱行に及んだ悪ガキもいたようだよ。でも生徒が行方不明になったのは、十年前と今回の二回きりだ」

「じゃあ〝ササラ先生を怒らせての祟り〟ってわけじゃないんですかね」

　森司は首をひねった。

「場を荒らした程度では怒らないのかな？　だとしたら意外と寛容だ。どっかに、特殊な怒りのツボがあるのかも」

「そのへんもまだ不明だね。でもオギくん事件のさらに十年ほど前、墜落事故があったのは間違いないようだ」

　部長がそう言い、「しかし不思議だよね」と嘆息する。

「どうして学校っていうのは、こんなにも怖い噂が蔓延するんだろう。怪談を好むような年ごろの子供が集まってるから、と言ってしまえば簡単だが、全国津々浦々、土地柄も年代も関係なくほぼ百パーセントだもの。多感な思春期がどうこう、なんて理屈じゃ説明しきれないよ」

　と、練りに練ったココアへ角砂糖を三つ落とす。

こよみが考えこみながら言った。

「そういえば怪談によくある舞台って、本来は病院、墓地、事故物件、事故多発地帯などの、人がよく死ぬ場所ですよね。でもなぜか学校は、それらに次ぐか、並ぶくらいに語られる頻度が高いような」

「不思議だよねえ。学校は子供の生気と活気に満ちあふれているし、校内で怪我する子供はいても、死ぬ子供なんてほとんどいない。なのに現実には、多くの学校で陰惨な怨念ばなしが生まれ、何年も何十年も語り継がれていく」

部長はつづけた。

「これは仮説だけど、学校がしばしば怪談の舞台となり、また怪談を多く生みだすのは、そこが〝閉鎖された空間〟だからじゃないかな。どんなに開放的な私立校だろうと、学校というのはある程度、社会から隔絶された場所だ。外の社会とは異なるルールがあり、独自のモラルと価値観があり、上下関係や階級の格差が強い。隔離されている空気が強ければ強いほど、生徒の思念は内にこもっていく。外界に向かって発散されないから、溜まってよどむ一方なんだ。人の思いが積みかさなって凝る場所には、どうしたって特殊な磁場が生まれがちだからね。初浪中学校はそこに、運悪く〝ササラ先生〟という因子を抱えてしまったのかもしれない」

部長はココアをひとくち啜って、

「まあそれはさておき、ササラ先生伝説の発祥時期は、これで絞れた。いま三十代の世代が事故を覚えているなら、十五年から二十五年前ってとこだね。十年の幅は大きいが、学校の名で検索していけばいずれ行きあたるさ」

と、自分の言葉にうなずいた。

6

だが思いのほか、ササラ先生の事故は早々に判明した。

「兄から『数人がかりで屋上から落とした』と聞いた」と証言した学生が、興味を覚えて実兄に問い合わせてくれたからである。

「上の兄貴が中三のときって言ってたから……、ええと、二十三年前ですかね」

その男子学生は首をかしげて、

「ササラ先生っていうのは、渾名らしいっす。初浪小中学校の近くに、いまも広めの公園があるでしょう？　あそこを根城にしてたホームレスで、実際は教師でもなんでもなかったみたいっすよ。どっかで拾ったらしい〝佐々良〟ってネーム入りのジャージを着て、いつも雑誌や新聞を持ち歩いてたから『活字中毒のホームレスかよ。先生だな、先生』とからかうようになった、って兄貴は言ってました」

「からかうって、誰が？」部長が問う。

男子学生は唇を曲げた。

「兄貴を含む、当時の生徒たちです。……ほんと理解できないっていうか、意味わかんないっすよね。おれと兄貴ってかなり歳が離れてるし、そのぶんいろいろ感覚違うんす。なんか、ホームレス狩りとか言って、そういうのが流行(はや)った時期があるみたいっすよ。兄貴が言うには『本格的にいじってたのは、おれより一個下の連中。ササラ先生を落としたのもそいつら』だそうですけど」

「落としたというのは、突き落としたってことでいいのかな」

「うーん。こまかいことまでは、よくわかんないんす。兄貴いわく『いじられすぎて怒ったササラ先生が、そいつらを追って学校の中まで入ってきた。一個下の馬鹿たちがぎゃあぎゃあ笑いながら上階へ逃げて、追ったササラ先生と一緒に、屋上までのぼっていった。でも逆に連中のほうが、先生を追いつめて落としちまったらしい』。……それだけしか、聞けなかったすから。手で突いたりして直接落としたかは、いまでも不明なんだそうです」

男子学生は不快そうだった。

「でも警察が事故死と断定したんだから、手をくだしてないのは確かなんじゃないすか？　まあおれなんかから見ると、直接触れてようが触れてまいが、同じことだと思いますけどね。ホームレスだからっていじめるとか、校舎まで追ってくるほどしつこくいじって怒らせるとか、意味わかんないっす。気に入らないなら、かかわらずにほっときゃいいじゃないすか。あんな高いとこから落として死なせるとか……。マジで気が知れないっすわ」

「同感だ」

　部長は短く答えた。

「まったく、理解できないね」


　彼のおかげもあって、二十三年前のニュースは縮刷版からすぐ見つかった。地方新聞に、三面のベタ記事で載っていたのだ。

　見出しは『中学校の校庭で成人男性が事故死』。ただし、死者の名は匿名報道だった。

「彼の名前が知りたいな」

　部長がつぶやく。泉水が戻ったため、部室には現在の部員全員が揃っていた。

「素性だけじゃなく、人物像と背景が知りたい」

「わたし、地域福祉実践理論学の教授に当たってみましょうか」

　こよみが挙手して言った。

「ホームレスや生活困窮者の自立に、長年尽力している教授ですから。二十三年前は支援活動のピークだったはずです。地元の公園を根城にしていた人なら、たぶん覚えているんじゃないかと」

「そっか。じゃあ訊いてみ……」

　言いかけたとき、ノックの音がした。

部室の引き戸を叩く音だ。戸口にもっとも近い鈴木が立ちあがり、中から開ける。顔を覗かせたのは、早乙女雛子と大江田遥であった。

「ああいらっしゃい。入って入って」

部長が手まねきしてうながす。

まず雛子が足を踏み入れ、次いで遥が「おじゃまします」とつづいた。実物の遥を見るのははじめてだ。心なしか顔いろがよくない。目線さえ上げようとしない。

「今日は、幹太くんは?」

「まだ学校です」遥が答える。

「彼はわたしと違ってレギュラーだし、練習休めませんから。……それに」

「それに?」

「いえ、なんでもないです」

遥は首を振ってから、すがるように雛子を見上げた。「お願いします」と、唇が無音で動く。

雛子がため息まじりに代弁した。

「じつはその、昨夜も遥ちゃんのところに——来たらしいのよ。最初のうちは、失踪した楢木くんの声色を使ってね」

「最初?」と部長。

「そう。最初だけなの。窓の外まで来たそれは、つづけて別人の声でもしゃべったらしいわ。窓の外に感じる気配は一人なのに、複数の声を使って『窓を開けてくれ』と訴えてきたって……」

「そうか」

　部長は腕組みした。そして二人をいま一度手まねき、

「まあそんなとこに立ってないで、座って座って。あったかい部屋で甘いものでも飲もう。気持ちが落ちつくよ。ぼくがいまハマってる練りココアを、ぜひ二人にも飲んでもらいたいな」

　と微笑した。

　十数分後、遥は両手で包みこむようにココアのカップを持っていた。

　ようやく人心地がついたようだ。青白かった頬にほんのり血がのぼり、強張っていた口もとがほぐれつつある。

「……あの、夢かもしれないんですけど」

　おずおずと、そう遥が切りだす。

「ほんとうにあったことじゃなく、こんなの、ただの夢かもしれません。そうだとしても――すみません、聞いてもらっていいですか？」

「もちろん」部長が請け合った。

　声を詰まらせながら、ゆっくりと遥は語りはじめた。

「まさか中学生にもなって『一人で寝たくない』だなんてね。遥がそんなこと言うと思ってなかったから、お母さんびっくりしちゃった」

電灯の紐を引きながら、母が笑う。

しかしその横顔は、どこか嬉しそうだった。

五歳上の兄が、進学で実家を離れたのは八箇月前だ。自立心旺盛な遥とは逆に、兄は母に甘えるのが巧かった。「お兄ちゃんがいなくなって楽だわ」と口では言うものの、母がずっともの寂しげにしていたのは知っている。

とはいえ遥が母と寝たがったのは、けしてリップサービスではなかった。

——一人で寝るのが、怖い。

また真夜中に楢木先輩が来るのではないか。あの声で、あの窓を叩く音で起こされてしまうのではないか。そう思うと、自室に一人で眠る勇気が出なかった。

——ほんと言うと、お母さんよりお父さんがいいんだけど。

昔から母には兄がべったりで、遥は父寄りだった。だがまさか十四歳にもなって、父親と寝るわけにはいかない。現に父本人は「遥がここで寝る？　じゃあおれは居間で寝るよ」と気を利かせて場所を譲ってくれた。

なぜ遥が母より父になついたか、母から一歩引くようになったか。

じつを言えば、理由はおぼろげに覚えていた。

とうに母は忘れただろう。遥だとて普段は忘れている。そんな過去など、なかったかのように生活している。しかし、ふとしたときに思いだすことがあるのだ。母のあの形相、肩に食いこんだ爪、顔に真正面から振りかかった悪罵——。

「遥、豆電灯どうする？」

母の声に、はっとわれにかえった。

「トイレ行くとき、不便よね。点けておく？」

「あ、ううん、いいよ。消しといて」

慌てて答えてから、遥は布団にもぐりこんだ。

思いのほか、遥はすぐに寝入った。すぐそばに母の寝息があって安心したのだろう。枕に頭を置いて、一度寝がえりを打ったあとの記憶がない。おそらくそこで、遥の意識は睡魔にさらわれてしまった。

次に目覚めたとき、室内は夜闇に包まれていた。

両親の寝室はぶ厚い遮光カーテンを引いているため、遥の部屋よりずっと暗い。首をもたげ、枕もとの時計を見やった。デジタル数字が蛍光で浮かびあがっている。

——午前二時、四十七分。

なぜ目が覚めてしまったのか、しばし理解できなかった。

部活で日中動きまわる遥は、眠りが深い。多少の足音や風雨、家鳴りの軋みで起きたりはしない。

——そうだ。こんな中途半端な時間に起きるなんて、おかしい。

あれしかない。

全身が、ざわりと粟立った。悪寒と鳥肌が襲う。急激に意識が覚醒する。

見ちゃ駄目、と遥は己を叱咤した。カーテンの向こうを意識しちゃ駄目。そっちに目を向けちゃいけない。無視が一番だって言われたじゃない。だから、寝たふりをつづけなくちゃ――。

しかし眼球は、意思に反して動いた。

窓を見てしまう。閉ざされたカーテンの向こうを、透かすように凝視してしまう。耳をそばだててしまう。

遥が意識を、完全に窓に向けた瞬間。

――とん。とん。

ガラスを叩く音がした。

やめて。遥は胸中で懇願した。やめて、窓を叩かないで。お母さんが起きちゃう。お願いだから、帰って。

だが願いはむなしかった。カーテンの向こうから、くぐもった声がした。

「大江田」

遥の身がすくんだ。布団に横たわったまま、体を無意識に縮こめる。

確かに楢木の声だ。ひとつ上の、部活の先輩。数日前に失踪したはずの少年――。

「大江田。なあ、いるんだろ?……開けてくれよ」

乞(こ)うような声だった。ひどく弱々しく聞こえた。

「いきなりいなくなって、悪かった。でも、家に帰りたくなかったんだ。おまえらを巻きこんで、すまないと思ってる。じつは親と、いろいろあってさ……。家出のカムフラージュのつもりだったんだ。なあ、事情を話すから、開けてくれ」

聞いちゃいけない、遥は自分に言い聞かせた。聞き入れちゃ駄目だ。

でも楢木先輩の両親は厳しい人だと、確かに耳にしたことがある。実際に先輩は、去年の夏に家出したようだ。夏休み明けには髪を染め、立ち居ふるまいまで一変してしまった。親と確執があるのは、きっと真実だろう。

「なあ、大江田。頼むよ。腹減ってんだ」力ない声が言う。

「中に入れてくれとは言わない。せめて、なんか食いもん投げてくれよ。一昨日(おととい)の昼に、コンビニのパンを食ったのが最後なんだ。そこで金がなくなっちまって……。冷蔵庫になんかしらあるだろ？　台所までこっそり行ってさ、窓の隙間から、渡してくれるだけでいいんだ」

いつもの遥なら、ここで根負けしていたかもしれない。「もう、しょうがないですね」と応じて布団から抜けだし、言われるがままに冷蔵庫をあさって来たかもしれない。親との不仲にも、本気で同情したはずだ。

だが、その夜の遥は違った。

布団から出たくなかった。彼の言いなりになることを、全身の細胞が拒否していた。

なぜか感じる。この言葉は、すべて嘘だと。そもそもこの声は先輩の声ではない。誰か、まるきり見知らぬ人のものだ――と。

遥は手で耳をふさいだ。これ以上聞きたくなかった。

だが窓を叩く音はやまない。語りかけてくる声が、いやでも鼓膜に響いてくる。

「大江田」

いまや、声は哀願していた。涙で湿り、わなないていた。

「頼むって。なあ、そんなに冷たくしないでくれよ。おれのこと、うざいって思ってるのは知ってる。女子はみんなそうだよな。でもさ、おれにだって事情があるんだ。ちょっとでいいから、聞いてくれよ。おまえならわかってくれる。おれの気持ちが理解できるさ。……だっておまえも、お母さんとうまくいってないんだもんな」

――え？

一瞬、遥は耳を疑った。

思わず枕から頭を起こす。窓のほうを見てしまう。

「知ってるよ」楢木の声がつづいた。

「おれは知ってる。おまえが、八つのときだよな。おまえは子供で、悪気なんて全然なかった。おれはわかってるよ。なのにお母さんは、急に怒りだしたんだよな。すごい形相で、おまえの肩を両手で摑んで。爪が、肩に食いこむくらいの力だった。『そんなこと、二度と言うんじゃない！』って、お母さんは怒鳴ったんだ。『これからもうちの子でいたいなら、二度とそんなもの、視るんじゃないよ！』って……」

ざわり、と遥の記憶がよみがえった。

ふたたび心の声が叫ぶ。駄目。いま思いだしちゃいけない。そこは、蓋をしたままでいなきゃ駄目——。

しかし遅かった。

そうだ。あれは八歳の夏だった。榾木の声はすでに、遥の記憶をこじ開けていた。

いまでも遥は判断できずにいる。自分がほんとうになにかを〝視た〟のか、それとも風で揺れる枝か葦を、見間違えただけなのか。

幼い遥は、川の向こうを指さした。他意はなかった。見たものを、見たままに口にしただけだ。「ねえ、あそこに変なものがいるよ」と。

母はその途端に激昂し、遥に摑みかかった。

——そんなこと、二度と言うんじゃない。

——いいこと？　これからもうちの子でいたいなら、二度とそんなもの、視るんじゃないよ。

遥は泣いた。恐ろしかった。さっきまでやさしかった母が、なぜ豹変したのかわからなかった。ただ「自分がなにか、いけないことを言ったのだ」とだけは察した。

修介伯父さんについて知ったのは、小学四年生の春だ。

彼はいわゆる霊媒体質だったのだろう。しかし生業にしていたわけではない。むしろ堅い職に就いており、突然〝口寄せ〟の状態に陥ることは、本人にとっても家族にとっても一種の災厄でしかなかった。

妹である母は、ことさらに被害をこうむったらしい。伯父のことで笑われ、からかわれる毎日だった。伯父の存在ゆえ、恋人に去られた過去さえあるという。

あのとき「視るんじゃない」と叫んだ母の気持ちは、中学生ともなれば理解できる。「もうあんな思いはしたくない」と母は思っているのだ。家族の中に爆弾を抱えたような日々は、過去であってほしいのだ。

——その心境は、わかる。

しかし八歳の夏に感じた恐怖と当惑は、いまも遥の中でわだかまっている。あの母の形相。憎悪をあらわにした瞳（ひとみ）。あの瞬間、間違いなく母は遥を憎んでいた。

修介伯父さんは、遥が四歳のとき亡くなった。

車での自損事故だった。自殺の疑いもあったそうだが、居眠り事故として終結した。遥は伯父の顔を知らない。記憶にないし、家には写真が一枚もない。母のアルバムから、伯父の思い出はきれいに消されていた。

「——おれはわかってるよ。大江田」

刻みこむように、楢木先輩の声が繰りかえす。

「わかってる。おまえ、怖かったんだよな。怖くて当たりまえだよ。母親にいきなり怒鳴られて、家から追いだすぞと脅されて……。恨んで当然だ。ぎくしゃくするのが普通だよ。おまえはちっとも悪くない。なあ、おまえだって、親に言いたいことがあるだろ？　いろいろ不満が溜まってるんだろう？」

そんなことない。遥は心中でつぶやく。

恨んでなんかいない。母に対して、べつに言いたいことなんか……。

——ほんとうに、そう？

胸の奥で誰かがささやく。ほんとうに？　ほんとうに不満を抱いていないの？　鬱屈していないの？　兄ばかり可愛がる母に、あの夏以来ときおり探るような目を向けてきた母に、なにも思うところがなかったと言える？

いつの間にか、遥は布団を抜け出ていた。掃きだし窓の前に立っていた。

遮光カーテンと窓ガラスを隔てた向こうに、誰かがいる。感じる。なまなましいほどの存在感だ。息づかいまで聞こえるようだった。

「出てこいよ、大江田」

声が甘くささやく。

「なあ、話そう。なんでも聞いてやるよ。口に出して言っちまえば、すっきりするぜ。全部ぶちまけちまえ。ほんとはおまえだって、一度は誰かに打ちあけたかったはずだ。聞いてもらいたかったはずだ。いまならお母さんは寝てる。ちょっとの間だけ抜けだして、朝までに布団に戻ればいいんだ。大丈夫、バレやしないさ。さあ、窓を開けて、こっちへ出てこい……」

いやよ、遥は胸中で叫んだ。話なんかしたくない。この窓は、絶対に開けたりしない。だから早く帰って。

「帰っ……――」

だが、そう口にする前に。

「遥」

かぼそい男の声がした。

遥は声を呑んだ。体が強張る。雷に打たれたような衝撃だった。

楢木先輩ではない。聞き覚えのない声だ。いや、覚えがないはずの声だった。なのに、わかった。誰なのか瞬時に理解できた。

この弱々しい声。頼りなげに揺れるテノール。かすかに訛るイントネーションが、母とよく似ている。

――修介伯父さんだ。

十年前に死んだはずの伯父だ。母の実兄。深夜あてどもなく外出し、ガードレールを突き破って、崖の下へ車ごと落ちた伯父。

「遥。……なあ、遥だろう？」

脳に直接、訴えかけてくるような声だった。

「懐かしいなあ。あんなにちっちゃかった遥が、大きくなったんだなあ。なあ、すこしだけ顔を見せてくれ。窓は開けなくていい。カーテンを薄く開けるだけでいいんだ。カーテンの隙間から、おまえの顔を覗かせるだけでいいから……」

遥の手が、震えながらカーテンへ伸びた。

開けてはいけない、と思う。駄目だ、絶対に駄目。そう理性は叫ぶのに、手がひとりでに動く。止まらない。

「遥。伯父さんに、訊きたいことがあるんじゃないか？　わかるよ。伯父さんと遥は、よく似てる。だからわかるんだ。伯父さんは、誰よりも遥を理解してやれるよ。訊きたいことになんでも答えてやる。おまえは伯父さんとお母さんの間にあったこと、知りたいんだよな？　わかってる。たくさん話そう。遥、カーテンを開けて、どれだけ大きくなったか見せてくれ」

遥はカーテンの端を摑んだ。

指に力をこめ、横へ引き開けようとした。

しかし、悲鳴が起こった。

金切り声だった。遥は思わず背後を振りかえった。

母が——気づかぬうちに目覚めていたらしい母が、立ちあがって長い長い悲鳴を上げていた。

「いや——いや、いや、いやあああああ——」

両手の爪を、母は両頰に食いこませていた。

「兄さんが来た。兄さんが、兄さんが来た。兄さんが生きかえった——いや。いや、帰って、いやよ、お願い帰って。帰って帰って帰って帰って——」

窓に突進しそうな母を、遥は慌てて抱きとめた。

「お母さん、お母さん落ちついて」

「いやよ、いや。だって兄さんが。兄さんが来た。いつかこんな日がくると、思っていたの。いやよ。こんなのいや、いやあああああ」

廊下を駆けてくる足音がした。父だ。騒ぎを聞きつけたのだろう。

「どうした！」

扉がひらく。数秒遅れて、電灯がともった。

蛍光灯の白じらとした光のもと、父が目をまるくしている。遥は母を抱きしめたままだった。母の体から力が抜ける。腕が、だらりと下がる。

「ど……どうしたんだ、母さん。遥」

父がうろたえ顔で問うてくる。

遥は答えられなかった。頰を引き攣らせて、

「ごめん。あの、……ね、寝ぼけちゃったみたい」と、無理やりに笑ってみせた。

「これが、昨夜あった全部です。いまでも信じられないけど……誓って、嘘じゃありません」

語り終えて、遥は深くうなだれた。

「母は一応、悪い夢を見たってことで納得したみたいです。今朝、出がけに謝られちゃいました。でもわたしのほうが、母に申しわけないっていうか……。だましてるみたいで気が引けて、顔がまともに見られなかった」

「いや、きみが済まながることはないよ」

部長が手を振った。「きみはなにひとつ悪くない」

「まったくだ。誰が悪いって話じゃない」と泉水もうなずいて、

「実妹にそこまで嫌われる伯父(おじ)さんは気の毒だが、気持ちはわからなくもねえな。おれたちのように〝視える〟だけなら日常生活に支障はない。しかし霊媒体質は違う。ところかまわず襲ってくる憑依(ひょうい)現象は、ある意味天災みたいなもんだ。……多感な時期に同級生に笑われるのも、死人の気配を否応(いやおう)なしに意識させられながら暮らすのも、けっして愉快なもんじゃない」

「母は、怖いんだと思います」遥は言った。

「いまの幸せな生活が壊されることも、自分の子供が、伯父と同じ苦しみを味わうかもしれないことも。母は、伯父が自殺だと信じているようですから」

遥はマフラーのフリンジを指でいじって、

「母が法事で酔ったとき、ぽろっとこぼしたのを聞きました。『まわりが、兄さんを追いつめすぎたのはわかってる。でもわたしたちは、兄さんに普通でいてほしかっただけなの。ほかの人と同じように、普通に長男の役目をこなしてほしかっただけ。あんな結

果になって、後悔してる。後悔しているけど、兄さんがいま生きかえったとしても、きっと同じことをするでしょう』って……」

うつろな、低い声だった。

雛子が部長を見て「どうしたらいい？」と問う。

「遥ちゃんになにかしてあげたいけど、どうしたらいいかわからない。わたしはこの子の親戚(しんせき)じゃないから、泊まりこむわけにもいかないし」

「だねえ。でも、一人で寝ないというのはいい手だと思うよ。耳栓かイヤフォンでしのぐのは、話を聞くだに無理そうだもんね」

部長はこめかみに指を当てた。

「代わりに遥ちゃんが、雛子さんのアパートに行くっていうのはどうかな。『友達の家にお呼ばれした』とでも言ってさ。昨日の今日でお母さんはまだ気まずいだろうから、すんなり許可してくれるかもよ」

7

その日の午後、オカ研一同は地域福祉実践理論学の千川(せんかわ)教授を訪ねた。

教授室に一歩入って、森司は目を見張った。

間取りも家具も、ほかの教授室とさほど変わらない。壁際に千川教授のデスクがあり、ガラスの衝立を隔てた手前に、ディスカッション用のテーブルと椅子がある。そこまではいい。問題は手前のテーブルに、すでに矢田が着いていることだ。

「よう、学生諸君」

と矢田が片手を上げる。

「いい具合に全員驚いてくれたな。その顔が見たかった」

「暇なんですか、矢田先生」部長が苦笑して、

「訊いてほしそうだから訊きますが、ここでなにを？」

「おう。隠す気もないから言うが、おれと千川教授は飲み友達なんだ。おまえら、また面白そうなことをしてるらしいじゃないか。だから野次馬に来てやった」

得意げに矢田は胸をそらした。

千川教授がデスクから立ちあがり、衝立を越えて近づく。

「矢田先生の相手はしなくていいから、座りなさい。灘さんから話は聞いてるよ。二十三年前、市内の中学校から墜落死した男性について知りたいんだって？」

「はい。あ、これお土産のお茶菓子です」

如才なく化粧箱を差しだしてから、部長はディスカッション用のテーブルに着いた。つづいて森司たちも順に着席する。

「教授はくだんの男性について、ご存じなんですか？」

「ひととおりね。路上生活者の多くは過去を抱えてるもんだが、とりわけ彼には複雑な

背景があった。だから福祉事務所の職員から、わたしのもとへ協力要請が来ていたんだ。……ああ、こりゃいい。『あやめ堂』のフルーツ大福じゃないか。いまの季節なら、苺と温州蜜柑ってとこかな」

いそいそと化粧箱をひらいて、教授が相好を崩す。

「苺はチョコホイップとこし餡、蜜柑は生クリームと白餡だそうです。――ところで、彼の複雑な背景とは？」部長が問う。

千川教授はさっそく大福の包装を剥いで、

「黒沼くんなら知っていそうだな。『尾筒リンチ事件』だよ」

と言った。

「尾筒リンチ――。ああ、栃木県尾筒町で発生した少年事件ですね。確か、三十五年ほど前に起きたんじゃなかったかな」

「ああ。あの事件における〝従犯C〟が彼だ」

教授はうなずいた。

「中学校の屋上から墜落死した路上生活者こと、保土塚徹平。それが、きみたちが捜している男の姓名だよ」

「保土塚徹平」

部長がちいさく復唱する。

「ええと、待ってください。ぼくの記憶では、尾筒リンチ事件には主犯格が二人いたはずです。従犯Cってことは、つまり三番手か。事件を主導してはいないが、消極的だったとも言えない立場かな」

なかば独りごとのように言ってから、森司たちを見やる。

「一応説明するね。『尾筒リンチ事件』とは約三十五年前、栃木県尾筒町で起こった、複数の少年による暴行監禁致死事件だ。十四、五歳の少年たちが同じ学年の少年一人を一箇月以上連れまわし、遊び半分のリンチによって死にいたらしめた。悪質な事件にもかかわらず、犯人たちは未成年だったため実名報道されなかったし、一年の少年院送致で幕引きとなった。当時、かなりバッシングされたはずだよ」

「検索しました。尾筒リンチ事件は三十六年前の事件です」

こよみが携帯電話を片手に言う。

「わたし、この事件は概要しか知りませんでしたが、あらためて読むとひどいですね。『被害者はおとなしく温和な少年。夏休み中に主犯Bが被害者を電話で呼びだし、主犯Aらとともに拉致。家に帰さず連れまわし、被害者の貯金をすべて下ろさせたあとは、知人や親戚の間をまわらせて借金させた。巻きあげた金はすべて、Aたちの遊興費に消えた。なお拉致していた約一箇月間、Aたちはビジネスホテルを泊まり歩き、〝遊んでやる〟と称して被害者に殴る蹴る、熱湯を浴びせて火傷を負わせるなどのリンチを加えつづけた』……」

白皙の頬が、嫌悪で歪む。

「遊興費？　ビジネスホテル？　中学生だろう。いくら夏休みとはいえ、不審に思われなかったのか」

と森司。黒沼部長が応じて、

「同じく中学生が起こした『名古屋中学生五〇〇〇万円恐喝事件』はもっと派手だったよ。恐喝して得た金銭でオメガの時計やアルマーニのスーツを買い、キャバクラや風俗店に通っていた。彼らの豪遊ぶりは地元で有名だったにもかかわらず、各店員もタクシー運転手も黙認していた。残念だが、どうやらぼくらが期待するほど、社会のモラルは堅固じゃあないらしい」

こよみが言葉を継ぐ。

「『尾筒リンチ事件』において、被害者の少年がターゲットに選ばれた理由は『おとなしくて、抵抗しそうになかったから』、『金を貯めていそうだったから』だそうです。学年が同じというだけで、それまではたいして接点もなかったとか。加害者グループは主犯A、主犯B、従犯C、従犯Dの四人。そのうちA、B、Cがのちに少年院送致になっています」

「被害者少年の火傷は、ひどい状態だったようだね」部長が言う。

「ATMで金を下ろす少年の姿が、銀行の防犯カメラに映っていた。歩くのもやっとといったふうで、粗い画質ですら顔が腫れあがっているとわかったらしい。事件のルポルタージュ本でそのくだりを読んだが、凄惨だったよ」

「そうだ。そしてその結果、被害者少年は夏休み明けを待たずに衰弱死した」

千川教授が言う。

「遺体はひどい有様だったそうだ。全身の七十パーセント以上に重度の火傷を負い、焼けただれた皮膚が剝がれて、肉が見えていた。加害者グループは『痛い。病院に行かせてください』と訴える被害者を『芸人のリアクションみたいで面白い』と笑い、火傷の上へさらに熱湯を浴びせて、泣きわめくさまを楽しんだ」

「異常ですね」

思わず森司は言った。教授が首肯する。

「そのとおり、異常だ。だが加害者少年たちは『だんだんエスカレートしていったから、感覚が麻痺（まひ）していた』『ひどいことをしている意識はなかった』と証言している。さらには『ヤバいかと思うこともあったけど、仲間の手前、あとに引けなかった。怖気（おじけ）づいてるところを見せたら、ダサいやつだと笑われそうでいやだった』とね。要するに彼らは、被害者を媒体にして仲間同士の絆（きずな）を深めていたんだ。リンチをやめることは仲間への裏切りであり、同時に〝ナメられる〟恐怖に直結していた」

「ホモソーシャルというやつですね」

部長が言う。

「もともとは同性同士の絆を指す言葉だ。しかし最近は、加害行為や暴力によって絆を強めるという、反社会的なニュアンスを含むようになってきました。輪姦（りんかん）や、集団での強制わいせつなどが典型的です。昨今では東大生五人が一人の女性に強制わいせつをはたらいた事件、慶應大生が合宿所で女子学生を輪姦する事件などが起こっている。

集団での選民意識が『おれたちは強く優秀だから、弱者を踏みつけにしていい』という勘違いを生み、『こんなに仲間がいるんだから大丈夫。おれ一人じゃない』と倫理観を薄れさせていく。さらに『仲間にナメられたくない。仲間に強いやつだ、すごいやつだと思われたい。一目置かれたい』との無意識の対抗意識が、行動をエスカレートさせていきます。この場合の『強い、すごい』は『どれだけひどいことができるか』に繋がりがちだ。不良から縁遠かった優等生までもが、集団心理によって『暴力的で、反社会的であればあるほど恰好いい』という論理に、身をたやすく染めていく」

「彼らは〝男らしさ〟をはき違えているんだよ」

大福を頰張りながら教授は言った。

「彼らだって『友情・努力・勝利』がテーマの少年漫画を読んで育っただろうにな。お勉強はできても、読解力がないんだろう。少年漫画のヒーローといえば、強さと男らしさの権化だ。弱きを助け強きをくじき、命がけでヒロインを守る少年漫画を正しく読みとる力があれば、はき違えなぞしないんだがね。逮捕された東大生は、普段から『東大生以外は下界の住民』と公言していたそうだ。いくら学歴が高くても、読解力と比例しないんじゃあ、知性の底が知れるってもんさ」

教授はペットボトルのお茶を啜って、

「一方、『尾筒リンチ事件』の加害者グループは学歴ではなく〝暴力による強さ〟の選民意識を持った。不良少年に多く見られる型のホモソーシャルだな。彼らは怒りと鬱屈を抱えていた。しかしながら周囲に伝えるすべを知らず、言葉を持たなかった。だからこその暴力だ。暴力は彼らにとって〝男らしさ〟の象徴であると同時に、感情表現の方法なんだ」

と言った。

「非行の根の多くが、不幸な生育環境にある。親の養育放棄やアルコール依存症、貧困、虐待、いじめなどだ。『尾筒リンチ事件』においては、主犯AもBも機能不全家庭で育っている。彼らはともに柔道部の有望な選手だったが、先輩の過度なしごきによって、怪我をさせられて退部している」

「保土塚徹平は、どうだったんです？」と部長。

「彼はもともと非行少年ではなかった。むしろ、AとBにいじめられていた側だ。しかしAとBの機嫌をとり、ほかの生徒を生贄にあてがって彼らに気に入られた。新たな生贄を一緒になっていじめることで、仲間として認められたんだ」

「加害行為でもって絆を深めたわけだ。悪しきホモソーシャルの典型例ですね」

「ああ。さっき『周囲に伝えるすべを知らず、言葉を持たない』と言っただろう。悪しき関係に、その現象が拍車をかける。非行少年はたいてい語彙がすくないんだ。怒っていても、なぜ自分が怒っているのか説明できない。せいぜいで『ムカつく』、『イラつく』、『うざい』、『むしゃくしゃする』程度だ。『母が酒を飲んで自分に八つ当たりする。あの態度は不当だ。不当さに腹が立っているんだ』と、はっきり言語化して大人に訴えられる少年は、三割に満たない。

　言葉は力なんだ。『不公平だ、差別だ』と不満を抱いていても、語彙がなければ『自分のこの怒りは、世の不公平に根ざすものだ』と認識できない。『なんだか知らないがムカつく。むしゃくしゃする』としか分類できないわけだ。怒りの対象さえわからないから、鬱憤晴らしは無関係な弱者へ向けられてしまう」

「なるほど。では『尾筒リンチ事件』は、語彙を持たない同士がホモソーシャル関係を築いたケース、と言えますか」

「だと思うね。彼らの怒りと苛立ちは、親や先輩や、自分をいじめた相手に向けられるべきだった。正しく発散されなかった怒りはくすぶり、いつまでも心に棲みつく。その結果、彼らは〝理由もなくつねに苛々している、怒りっぽい少年〟になってしまった」

「さらにそこへ『反社会的であればあるほど恰好いい』という価値観と、『仲間にナメられたくない。一目置かれたい』という心理が加わりますから――なるほど、こいつは悲劇しか生まないでしょうね」

　部長は何度も首を縦に振った。

　千川教授が言う。

「ちなみに『尾筒リンチ事件』の被害者両親は、息子がAとBに拉致されたと知っていた。しかし通報を受けた警官は、主犯の名を聞くやいなや、どうせ被害者も非行仲間だろうと決めこんでしまった。『夏休みで羽目をはずしてるだけでしょう。遊び疲れたら帰ってきますよ』と親をなだめただけで、相談記録すら残さなかった。それが七月下旬のことだ。そうして、被害者の死体が発見されたのが八月の下旬」

「どこで発見されたんです？」

「ビジネスホテルのトイレだよ。主犯Aの供述によれば『動かなくなったから、置いてきた』だそうだ。『あいつ膿だらけで臭かったし、殴っても蹴っても反応しなくなってきたんで置いてきた』とね。被害者は表皮どころか真皮の七割以上を火傷していたんだから、それまで動けたのが不思議なくらいさ」

「犯人たちは、すぐ逮捕されたんですよね？」

「死体発見の二日後だ。中学生のくせに、居酒屋でべろべろに酔っぱらっていたそうだよ。まあ三十六年前は、いまよりずっと飲酒の規制がゆるかったからな」

「そして保土塚徹平と主犯A、Bは少年院へと送られた、と。従犯Dのみ、観護措置で済んだようですね。消極的加担と見なされたのかな」

「そのようだ。実際、従犯Dは傍観者に近かったらしい。手ずから被害者を殴る蹴るしていたのは、主犯A、Bと保土塚徹平だった」

「なるほど。事件概要を聞くだに、保土塚徹平はタチの悪いチンピラとしか思えません。では教授が、じかにお会いした保土塚はどうでした？」

「打ちのめされていたよ」

千川教授は即答した。

「人生に打ちのめされた男。それが保土塚徹平の第一印象だった。『尾筒リンチ事件』の従犯Cだと知ったのは、半月ほどあとのことだ」

「どう思われましたか」

「……嫌悪を感じなかったと言えば、嘘になるな」

教授は肩をすくめた。

「とはいえ、それはそれだ。過去に罪を犯したからって、保護対象からはずれるわけじゃない。当時の福祉事務所と提携して、ほかの路上生活者と同等の支援をしたよ。だからあんな結果になったことは、残念としか言えんね」

「事故死だというのは確かなんでしょうか？」

「と思うよ。いや、その件については新聞記事以上のことは知らんのだがね。屋上の柵が一部壊れていたのは事実だし、検視の結果、不自然な点もなかったそうだ」

「保土塚の遺体は、どうなったんでしょう？」

「福祉事務所が引きとったよ。警察から連絡を受けたご家族が、引きとりを拒否したんだ。火葬までは事務所の所員が主導し、その後は無縁墓地に埋葬した」

「では、故郷に帰れなかったんですね。その点はお気の毒です」

部長はまぶたを伏せて、

「ところで、生前の彼は『佐々良』というネーム入りのジャージを着て、いつも雑誌や新聞を持ち歩いてたと聞きました。ジャージはどこかで拾ったものとしても、雑誌や新聞はどういった理由でしょう？　教授のお話からすると、保土塚が活字中毒だったとは思えませんが」と訊いた。

「ああ、それは、昔の仲間の名を探していたんだ」

教授が答える。

「つまり主犯AやBのことさ。保土塚は、いつも気にしていたよ。『あいつらが更生するわけがない。いつかきっと新聞に名前が出る。そのうちに馬鹿をやらかして、おれより落ちぶれるに決まってるんだ――』とね。自分は従犯でしかなかったのに、貧乏くじを引かされた、と彼は考えていたようだな。こちらの地へ流れてきたとき、保土塚はとうに成人していた。しかし頭の中身は中学生で止まっていたよ。精神も頭脳も、幼稚レベルで停滞していた」

無念そうにかぶりを振った。

「われわれは衣食住の面倒なら見てやれる。カウンセリングだってできる。だが肝心の本人が、過去から脱却できないのではな……。福祉の限界というのは、そこだ。とどのつまりは、すべて本人の問題に行きあたるのさ」

「そりゃそうだ」

と割りこんだのは矢田だった。

「福祉は有益だが、万能じゃありませんからね。不幸から救うことはできても、幸福にはしてやれない。……ところで学生諸君よ。その保土塚某が屋上から落ちたのは、何年前だと言ってたっけ？」

　大福の包み紙を丸めながら尋ねる。こよみが答えた。

「二十三年前です」

「ということは、まさにおれが中学生だった頃だな。おれは市内の出身じゃないんで、事件とは縁もゆかりもないが……。よし、こっちの伝手でも聞きこみしといてやるよ。どこの中学だ？」

「初浪中です」

「ああ、なんだ近場じゃねえか」と矢田が膝を打ちかけて、「ん？」と眉根を寄せる。

「どうしました？」

「いや、こないだ構内で、おれと立ち話をしてたやつがいただろう。あのチャラメガネのポスドクさ。あのあと車でやつの実家まで送ってやったんだが——あの住所は確か、初浪中の校区じゃあねえかな」

8

　その夜は外食せず、森司はアパートで粛々と夕飯づくりに取りかかった。

飯は土鍋で炊いた。インスタントながら味噌汁も用意した。

というわけであとはメインだ。高蛋白質で低脂肪、ビタミンもカルシウムも豊富だとネット記事で読んだ、鰹のたたきである。

鰹といえば初鰹がもてはやされる。しかし森司は、秋から冬にかけての脂がのった戻り鰹のほうが美味いと思っている。おまけに冷凍の冊なら、さほど高くない。

――とはいえ、ひとつ問題がある。

鰹のたたきが白飯に合わない、という点だ。

いや、合うと主張する人ももちろんいるだろう。だが森司は「おでんと湯豆腐と、鰹のたたきは白飯に合わない派」なのだ。どれも酒の肴としてなら大好物である。しかし、好んで飯のおかずにはしない。

――だからして、ぬる燗できゅっといきたいところではある。

だが残念ながら、今夜も練習があるのだ。アルコールを入れたら、風呂と短距離ダッシュはご法度だ。

そこで森司は、よいものを思いだした。簿記試験の勉強中に灘家でご馳走になった『鰤の味噌だれ漬け丼』である。

あれは美味かった。夜食に最高だった。あいつを鰹で再現してみようというのが、今夜の試みだ。

まずは味噌だれを準備する。味噌と少量の砂糖を酒で溶き、チューブの生姜と大蒜を加えて耐熱ボウルに入れる。量は適当でよい。次に、ボウルをレンジにかけてアルコールを飛ばす。さらに胡麻油を数滴と擦りごまを混ぜたのち、そこへ切った鰹を漬けこむ。ちなみに胡麻油と擦りごまは、袋ラーメンに付いていた余りである。

漬けている間は、風呂へ入る。

どうせ帰ってからも汗を流すのだが、練習をこよみちゃんが観に来る以上、清潔にしておかねばならない。髪を洗い、ドライヤーを済ませる。

浴室を出たら、あとは白飯をよそい、味噌だれごと鰹をのせ、海苔をちぎって散らすだけだ。

飯に市販のすし酢を混ぜるか迷ったが、面倒くさかったのでやめた。味噌汁はポットからお湯を注げばいいだけだし、箸休めは柴漬けで充分である。

テレビを横目に、三分足らずでかきこんでしまった。

「美味かった……。やっぱり丼ものだな。丼ものは裏切らない。米と蛋白質と塩分は正義だ」

賛嘆しながら、サボテンの鉢に「ごちそうさま」と掌を合わせる。

食器は帰宅後に洗うべくシンクに運んでおき、歯をみがいてから、トレーニングウェアの用意をした。スポーツバッグにタオルやスプレー式鎮痛消炎剤を詰めながら、ふと、昼間聞いた言葉を反芻する。

――彼らは〝男らしさ〟をはき違えているんだよ。

男らしさねえ、と森司はひとりごちた。

そういえば「男らしい」なんて、生まれてこのかた一度も言われた記憶がない。親戚は皆、「シンちゃんは気がやさしいから」と評した。教師は「協調性が高いのはいいが、もっと自己主張していいんだぞ」と言った。「友達に譲ってばかりいるな。がつんと言ってやれ！」と、発破をかけられたことさえある。

——しかし、男らしさってなんなんだろう。

子供の頃、自転車ごと転んで骨折した。医者に「男だろう、泣くな！」と怒鳴られ、理不尽だ、と思ったことを覚えている。

男だろうが女だろうが、怪我をすれば痛いのは同じじゃないか。痛ければ自然に涙が出てくるものだ。それを「男だから泣くな」なんて、自然の摂理に反してる——と言いたかった。しかし、言葉が出てこなかったのでやめた。

——非行少年はたいてい語彙がすくない。怒っていても、なぜ自分が怒っているのかを説明できない。

千川教授はこう言った。

だがこれは、勉強ができるできないの問題だけではあるまい。これこそ「男だろ」の押しつけのせいじゃないか？　と森司は思う。

「男なら泣くな」「男はべらべらしゃべらないものだ」「痛い、つらいなんて男の台詞じゃない」「男なら弱音を吐くな」「男が歯を見せて笑うな」「男は黙って背中で語れ」

等々……。

――要するにタフで自己抑制のかたまりで、無口かつ、喜怒哀楽の乏しい男が理想ってことだよな。

ゴルゴ13かよ、と思う。あんなやつ現実にいたら社会不適合者だぞとも思う。コンビニで店員に「お弁当あたためてください」とすら言わなそうだ。財布を出しながら「あ、すみません。二円あります」とも言わないだろう。絶対にゴルゴは、現代社会で生きづらい。

――でもその生きづらさが、イコール〝男らしさ〟なのかもしれない。

痛いともつらいとも言えず、弱音や愚痴は吐けない人生だ。泣き言はおろか、悩みを友人に打ちあけることすらできない。それどころか「おれは痛くない。だって男だから、つらくない」という感情の否認さえ起こるだろう。

自分のつらさが認められなければ、当然他人のつらさだって理解できまい。俗にいるパワハラ親父が他人の気持ちを推しはかれないのは、自分の感情さえ処理できないせいだ。感情を吐露することを、長年拒んできた結果があれだ。だって感情を表に出すことは「男らしくない」からだ。

だから彼らは怒鳴る。ときには直接手を出し、殴る。なぜって喜怒哀楽の中で〝怒〟だけは男にも許された感情だからだ。怒鳴り、殴り、威圧して強者となることは、男性社会で是とされてきた。

目に見えている。

　未熟な少年たちならば、もっと極端だ。感情を表に出すすべを知らず、乱暴イコール男らしさであると勘違いした非行少年たち。そんな彼らが数人でつるんだなら、結果は目に見えている。

　――尾筒リンチ事件、か。

　おそらく少年たちは、被害者をリンチしながら仲間だけを見ていた。仲間に対し「おれ、ここまでできちゃうんだぜ」「おれってヤバいだろ?」「こんなことまでやっちまえるぜ」と示威していた。なぜ自分が暴力に走るのか、その理由さえわからずにだ。

　森司もかつて十代だった。だから、わからないでもない。

　あの時期は、仲間に認められることがすべてなのだ。学校という閉ざされた社会でなら、なおさらだ。学校と一般社会では、価値観そのものが異なる。

「厄介だなあ……」

　ぼそりとつぶやいたとき、携帯電話が鳴った。

　液晶を覗く。永橋からのグループLINEだ。

『今夜の予報は雨。練習場所を、初浪中の体育館に変更!』とのメッセージであった。

　体育館に着くと、先にこよみが来ていた。

　集まった顔ぶれはいつもと微妙に違い、普段はよそのグラウンドで練習するチームも交ざっていた。こよみが森司にタオルを手わたしただけで、

「おーい、そこの若者、いちゃつくな」

「独身男の神経を逆撫でするな。帰れ帰れ」

と冷やかしの野次が飛んでくる。

「……体育館だとよけい部活っぽいな。この雰囲気、すげえ懐かしい」

インターバルで床に座りこみ、森司は天井のライトを見上げながら言った。

鉄柵でさえぎられた二階のキャットウォーク。色とりどりのビニールが貼られた板張りの床。壁面防護用マット。緞帳付きのステージ。この中学に通っていたわけでもないのに、なにもかもが追憶を誘う。

「灘は、部活ってやってなかったんだっけ?」

「ずっと文系です。恥ずかしながら、運動神経がよくないので……。視力の問題もありますし」

こよみは眉根を寄せて答えた。見慣れたこの癖も、眼鏡では矯正しきれない不正乱視に加え、コンタクトが体質に合わないせいだ。

「でも先日言ったとおり、憧れはずっとあったんです。チア部の友達が男子バレー部と仲良くって、いつも『いいな』と思って見てました。バレー部に好きな子がいたらしく、差し入れをつくったり、他校に偵察に行ったりと一生懸命で」

「へえ、漫画みたいだ」

相槌を打ってから、おれの部にはそんなのなかったぞ、と森司は内心で愚痴った。女子部とすら、たいした交流がなかった。差し入れなど夢のまた夢だ。

森司は魔法瓶に手を伸ばした。かるく咳をする。声がうわずらないよう留意し、さりげなさを最大限よそおって訊く。

「な……灘は、中学のときに好きな男子って、い――いとぉの？」

駄目だ、やはり噛んだ。

「いいえ、中学時代はとくにいませんでした」こよみがさらりと答える。

「そ、そっか」

では高校ではどうだった――？　と訊きたいのを森司はこらえた。いや訊きたい。じつを言えばそこが一番訊きたい点であって、さっきの質問は前振りに過ぎないのだ。だがいかんせん、問いが喉に詰まって出てこない。

たいして飲みたくもないスポーツドリンクを、大きく呷る。訊けないなら次の話題、次の話題――と頭を無理やり回転させる森司の隣で、

「先輩、二年の体育祭でもリレーに出てましたよね」

こよみが言った。

「え？　ああ、うん」

森司はうなずいた。高校では三年間帰宅部だったが、やたらと体育祭や球技大会に駆り出された。「大会の公平を期すため、サッカー部員はサッカー競技に、バレー部員はバレー競技に出てはいけない。陸上も然り」という不文律があったため、元陸上部員の

森司が重宝されたのだ。

「わたしが先輩をはじめて見たの、あのときなんです」

なぜか前方を見据えたまま、こよみが言う。

「はじめてしゃべったのは、あの中庭で――花壇の前でですよね。でもその前から、わたし、先輩のこと知ってました」

なぜだろう、喧騒が遠い、と森司は思った。

周囲の掛け声やホイッスルの音も、汗とスプレー式鎮痛消炎剤の入り混じった香りも、急に遠く感じられる。ここだけ、空間がぽっかり切りとられたかのようだ。

「だから……ほんと言うと、わたしのほうが先なんです」

こよみの横顔が白い。はにかむように、唇の端がかすかに持ちあがる。

「わたしのほうが先に、先輩を知って――……」

その刹那、雷鳴がとどろいた。

間を置かず閃光が走る。世界を一瞬、真っ白い光が覆う。体育館全体に、地響きに似た重い衝撃が走った。

「うわ、でけえ雷だなあ」

「どっかに落ちたんじゃねえか、これ」

館内のあちこちから声が上がる。

だが森司は無言で固まっていた。雷に驚いたからではない。こよみの発言のせいでもなかった。視線は、窓の外へ向いていた。

「先輩？」

「ごめん。ちょっと待ってて」

立ちあがり、森司は戸口のビニール傘を摑んだ。

さっきの雷光で、一瞬だけグラウンドがくっきりと見えたのだ。降りしきる雨の中、無人のはずの夜のグラウンドにたたずむ人影があった。

約二分後、森司はその〝人影〟を抱えて体育館に戻ってきた。

影の正体は、早乙女幹太であった。雛子の甥っ子だ。BリーグとWリーグの元選手を両親に持つ、『親子鷹』の息子のほうである。

幹太は全身ずぶ濡れだった。髪や顎、鼻さきから大粒の雫がしたたる。こよみが慌てて未使用のタオルをかき集め、幹太へと手わたした。

「なにしてたんだ。冬の雨は雪より怖いんだぞ。肺炎になったらどうする」

思わず森司が問いつめると、

「……木を、見たくて」

紫いろの唇を震わせて、幹太は言った。

「……雛ちゃんのときと同じに、楢木先輩も、校庭の木に引っかかって死んでるんじゃないかって……。そう思ったら、いてもたってもいられなくて……怖くて」

森司はこよみと顔を見合わせた。

こよみが携帯電話を取りだす。

「幹太くん、いま雛子さんを呼びますね。まずは部長に連絡先を聞くので、ここで服を乾かしながら待っていましょう」

9

雛子が借りているアパートは、メゾネットタイプの2LDKである。

一階に水まわりとリヴィングダイニングキッチンがあり、二階に洋室が二間ある。うち一間は研究の資料で埋まっており、「暇があるときデータ化しておかなくちゃ」と思っているものの、その「暇があるとき」がなかなか訪れてくれない。

雛子と幹太とともに、一階のリヴィングにいた。

「兄さんには電話しといたから、今夜は泊まっていきなさい」

そう言いながら、幹太に湯気の立つマグカップを差しだした。中身はコーヒーでなく、インスタントのポタージュスープである。

風呂（ふろ）あがりの幹太は頭からタオルをかぶり、うつむいたままだ。緩慢に手だけを上げてカップを受けとる。さっきから、一言も発しようとしない。

「夕飯、食べたの？」

「…………」

「簡単なものでいいならつくるけど。どうする？」

「…………」

なにがあったの、と詰問したい衝動を、雛子はしいて呑(の)みこんだ。

子供の頃から幹太の父とは――長兄とは、あまり気が合わなかった。雛子がもの心ついたとき、長兄はすでにスター選手だった。周囲からの、畏敬(いけい)と尊敬を集める存在であった。

たまに実家へ帰ってくる長兄を、両親は下へも置かぬ扱いでちやほやした。長兄は当然のように受け入れた。「天狗(てんぐ)になっている」「調子にのりやがって」という声はすくなくなかったが、実績がやっかみをかき消した。

「おい雛子、本ばっかり読んでると、ブスになるぞ」

長兄は、末妹の顔を見るたびそう言った。

「こまかい字ばかり見てたら目が悪くなる。眼鏡ブスになって、行き遅れたらどうするんだ」

「もっと外へ出てスポーツしろ。デブるぞ。男の子にモテないぞ」

諫(いさ)めてくれる者は、誰もいなかった。親も親戚(しんせき)もへつらうように笑い、「そうだそうだ、お嫁さんのもらい手がない」「それじゃ彼氏ができないな」と追従した。

雛子は幼い頃から成績優秀だった。普段の両親はそれを自慢にしていた。なのに帰省した長兄が一言、

「雛子は駄目だな」

と言った途端、掌を返して「そうなのよ、この子ったら駄目なの」「洒落っ気がなくて」「女の子のくせにガリ勉で」と娘をくさした。

いつしか雛子は、兄を避けるようになった。「兄さんなんて、二度と帰ってこなきゃいいのに」と思うことさえあった。

――兄さんの気に入る女の子になんか、なれなくたっていい。

モテなくたって、一生彼氏ができなくたって、わたしはわたしだ。

そう思う一方、「女らしくしなくては」という呪縛はいつまでも残った。早乙女雛子という可憐すぎる名もコンプレックスだった。長じて英語で論文を書くようになると、アルファベット表記の名にほっとできた。「乙女」「雛」という漢字を冠さぬ名は、無機質で心地よかった。

雛子が小学生のとき、長兄は結婚した。相手も高名なスポーツ選手だった。

幹太が生まれたのは二年後だ。

兄嫁は、産後すぐチームに復帰した。遠征ばかりの長兄夫婦に育児はできなかった。生後間もない幹太は、雛子のいる実家に預けられた。

わずか十歳下の甥は、雛子にとって弟同然だった。幹太もまた、雛子のあとをくっついて歩き、「雛ちゃん、雛ちゃん」となついてくれた。

長兄はあいかわらずだった。雛子を見れば「女がガリ勉してどうする」「肉付きが足りないぞ。だからモテないんだ」と笑った。兄嫁も一緒になって笑った。

雛子が中学生になると、長兄のからかいは性的なニュアンスを帯びた。尻を触るふりをしたり、「貧乳だ」「ずん胴」と体形をあげつらった。親も兄嫁も、やはりそばで笑っていた。

兄夫婦が息子を家に引きとったのは、幹太が九歳の春だ。理由は「手がかからなくなったから」「そろそろ親もとで才能を伸ばしてやりたい」。

ほぼ同時に、雛子も実家を出てアパートを借りた。長兄夫婦と顔を合わせる機会は年に一、二回となった。

幹太と会えないのは寂しかった。しかしストレスが軽減された喜ばしさが、孤独感を埋めてくれた。

——だから、中学生になった幹太が遊びに来てくれたときは嬉しかった。

ひさしぶりに会った甥はすっかり背が伸びて、スポーツマン然としていた。声変わりも済んでいた。長兄に影響されて言動まで変わったのでは、と一瞬身がまえた雛子だったが、杞憂だった。

「雛ちゃん」

と、恥ずかしそうに笑った顔は、昔のままだった。兄夫婦には内緒で、バスを乗り継いで来たのだという。その日は空が白むまでゲームで対戦し、幹太はさっぱりとした顔で帰っていった。

以来、叔母甥の付きあいは復活した。幹太はテレビにも出る半有名人と化していたが、雛子の前では等身大の少年だった。仲良くやれている、と思っていた。

——思っていたのに、まさかこんなことになるなんて。

無言でスープを啜る甥を、雛子は困惑の思いで見下ろした。

「わたしは二階で寝るけど、一緒がいやなら、幹太はそのソファで寝てちょうだい」彼が座っているソファを指す。

「じつを言うとね。今夜、遥ちゃんをお泊まりさせようと思ってたの」

幹太の肩がわずかに跳ねる。

反応があったと見て、雛子は言葉を継いだ。

「でも、延期にしておいてよかった。二人とも泊められる部屋数は一応あるけど、遥ちゃんがいやがりそうだしね」

冗談のつもりだった。しかし幹太は笑いもしなかった。顔すら上げない。

雛子はあきらめて首をすくめた。

——これは、しばらくほうっておくしかなさそうだ。

「なにかあったら、声かけて」

言い置いてリヴィングを出る。

浴室の扉を開け、中を覗いた。さいわい幹太はきれいに使ってくれていた。水まわりの使いかたは子供の頃に躾たものね、と納得しつつ、浴槽に張ったお湯を落とす。

掃除は明日でいいか――とひとりごち、雛子は首をもたげた。

そして、凍りついた。

浴室の窓に、白い掌がべたりと貼りついていた。

痴漢ではなかった。だって、顔が見えない。掌から伸びる腕のシルエットすらわからない。もし痴漢ならば覗こうとする。窓に近づけるなら、掌ではなく顔のはずだ。

――それに、この窓の外に人間は立てない。

ここは一階だ。しかし窓を塞ぐようにブロック塀がぎりぎりに建っており、人が入りこめる隙間はないのだ。あくまで換気のための窓だ。

人ではない――。

雛子は確信した。

あきらかに外の気配は、雛子の存在を悟っていた。なのに逃げるどころか、身じろぎさえしない。この掌は、人のものではない。

そのとき、はっと雛子は気づいた。

浴室の窓にはカーテンがない。

十年前、荻島は学校の屋上から消えた。彼が夜中にやって来たとき、雛子はまだ実家にいた。階下には両親と、まだ幼い幹太がいた。自室の窓は厚いカーテンに閉ざされていて、荻島の顔は見えなかった。

あのときはそうだった。でも。でももしいま、あれが来たら――。

そう思った刹那、

「早乙女」

ささやくような声がした。

ひっ、と雛子は短い悲鳴を上げた。己の耳を疑う。そんな馬鹿な、と両手で口を覆う。変声期直後の、少年の声だ。十年前に死んだ荻島の声であった。

「オギくん――……」

雛子は呻いた。その語尾に、低い忍び笑いが重なる。

「早乙女。おまえ、昔のまんまだな。すこしも変わらない」

嘲るような口調だった。

「……知ってるぞ。おまえ、おれのこと嫌いだったろ」

くすくす、くすくすと笑いがつづく。

「おれを軽蔑してただろう。知ってるよ」

雛子は動けなかった。

嘘よ、と思う。これは夢だ。夢に違いない。だってオギくんは死んだ。いま行方がわからないのは、彼じゃない。消えたのは幹太の同級生なのに、どうして。

困惑と恐怖が胸を満たす。しかし、ガラス越しの声はやまない。

「知ってるよ。おまえは兄貴を嫌ってるくせに、兄貴の価値観に染まってた。負け犬が嫌いだった。――おれみたいな、負け犬が」

雛子は歯を食いしばった。恐怖で強張る関節を、意思の力で無理に動かした。体を反転させ、浴室の扉に手をかける。把手を引く。

しかし、戸は動かなかった。

この戸は外から施錠できない。むろん内鍵もかかってはいない。雛子は把手に両手をかけて、渾身の力で揺すった。だがやはり、扉は微動だにしなかった。

「おれたち、一年のときも同じクラスだったよな」

荻島の声が言う。

「だからおまえは知ってた。……おれが、ずっといじめられてたことを」

雛子は扉を叩いた。幹太の名を呼んだ。あらん限りの声で叫んだはずが、喉からは、吐息のような音しか洩れなかった。

「早乙女は学級委員だったよな。成績優秀な優等生さまだから、当然だ。──覚えてるか？　あの年の担任」

もちろん覚えてる。胸中で雛子は答えた。

覚えている。学年主任で、偏執的なほど厳しかった先生。絵に描いたような男尊女卑で、弱いものと落ちこぼれが嫌いで、えこひいきがひどかった。

でも雛子は、彼のお気に入りの筆頭だった。

嬉しかった。あの担任が大嫌いだったのに、同時にひいきされるのが自慢だった。誇らしかった。だって。

「──だって、おまえの兄貴に似てたもんな」

声が嘲笑う。

「担任が喜ぶと、兄貴を喜ばせている気分になれただろ？　兄貴に気に入られたようで嬉しかっただろう？　おまえは一度も、おれをかばわなかった。いじめを見て見ぬふりしつづけた。おれは担任に嫌われてたからな。おれを助けたりしたら、おまえは担任のごひいきの座を失うかもしれなかった」

愉快そうな声音だった。

「これも、覚えてるよな？　あの担任はおまえをひいきしながらも『女に学はいらない』と公言していた。『女がいくら成績がよくたって、なんの意味もない。とっとと結婚して、子供を産めるだけ産む女が一番価値があるんだ』と。……おまえは、一度も反論しなかった。だって『わたしだけは違う』と思っていたからだ。『わたしは、ほかのつまらない女とは違うからいいの。差別されているのはあくまで、ちゃらちゃらした馬鹿な女の子たち』と思いこんでいた」

雛子の顔に、かっと血がのぼった。

羞恥で全身がすくむ。荻島の揶揄は、的確だった。雛子が抱えてきた傷を、すべて的確に抉った。長兄のこと。担任のこと。あの担任の価値観に染まり、思いあがっていた過去。

「おまえは、おれを視界に入れたくなかった。だって弱いからだ。負け犬だからだ。あの担任にとっちゃ、弱いやつはみんな糞でゴミだ。おまえはその考えに、心の底で反発しながらも迎合していた。だから、おれを見たくなかったんだ。おれを目に入れたら、葛藤しなきゃいけなくなる。自分に向き合わなくちゃいけなくなる。だから――だからおまえは、おれをいないものとして扱った」

荻島は言いきった。

雛子の膝が折れた。その場にくずおれる。素足に、タイルがひどく冷たかった。骨まで染みるようだった。

「なあ、二年になって変わったおれを見て、おまえはどう感じた？　いじめられっ子から道化に昇格しただけじゃないか、とおかしかったか？　それとも哀れに思った？　いや、ろくに認識さえしなかったかな？」

窓に貼りついた掌がうごめく。

「おまえにはじめて『オギくん』と呼ばれたときは驚いたよ。あの糞どもは、おれを犬みたいに『オギ、オギ』と呼びつけてやがった。それに便乗して、おまえまでが『オギくん』だ。――おれが、どんなに屈辱だったかわかるかよ？」

五本の指がゆっくりと、鉤爪のように曲がっていく。

「おれだって、必死だったんだ。二年になって担任は変わった。でも一度押されたいじめられっ子の烙印は、簡単に消えるもんじゃない。学校で生き抜いていくためには、道化だろうとなんだろうと、媚びてでもカーストをのぼる必要があったんだ。おまえなら、わかるよな？　だってクラスカーストを誰より意識しながら生きてきたのは、おまえ自身なんだものな」

爪がガラスを掻く。神経に障る音が響く。

違う、と雛子は思った。これはオギくんじゃない。彼はこんなに饒舌じゃなかった。こんなに語彙が豊かでもなかった。

これはオギくんの声をした、なにか別のものだ。

だが声の言うことは、一から十まで正しかった。雛子の心の柔らかい部分を、正確に突き刺した。

掌の向こうで、白い影が揺れている。顔だった。雛子は頬を引き攣らせた。そいつの顔など見たくなかった。なのに目をそらせない。瞬きすらできない。

「……出てこいよ」

声がささやく。

「すこしでも、おれに済まないと思っているなら出てこい。幹太に気づかれないよう、そっと浴室を出るんだ。なあに、簡単なことさ。玄関はすぐそこだ。外の空気を吸いたいだろ？　一言でもおれに謝って、心の重荷を下ろしたいと思っているんだろ？」

そうよ、と雛子は思った。

ええそうよ。そのとおり。できることなら、この心の重荷を下ろしてしまいたい。謝って済むものならそうしたい。でも。

「長い間、おまえは心のどこかで苦しんできた。おれの死に、なにかしら責任があるのではと悩み、苛まれてきた。だっておれは、十年前もおまえの家に行ったんだからな。あのときもおれは、『謝れ』と迫った。なのにおまえは出てこずじまいで――おれは、死体になって見つかった」

叫びたい、雛子は願った。

いますぐ大声で悲鳴を上げたい。助けを呼びたい。でも声帯が、喉の奥で硬く縮こまっている。

「出てこいよ。なあ、楽になりたいなら出てくるんだ。一言でいい。一言『ごめんなさい』と言ってしまえば、心のつかえは消える。おれの許しがほしいんだろ？　言ってやるよ。許すと言ってやる。ただし、ガラス越しじゃ駄目だ。直接顔を見て言うんじゃなきゃ駄目だ。出てこいよ。これから先、おまえは何十年も生きる。安らげないままでいいのか？　いまここでおれに許されて、完全な安寧を得たいんじゃないのか？」

ささやきは甘く、魅力的だった。

「出てこい、早乙女。うんと言え。『いま行く、待ってて』と言うんだ。口に出しちまえば楽になるぞ。さあ言え。――いや、もっと簡単な言葉がある」

声はつづけた。

「『入ってきて』と言うんだ。そうすれば、おまえは動かなくていい。おれから行ってやる。おまえはなにもしなくていい。ただ一言、『どうぞ、入っていいわ』と――」

だが次の瞬間。

犬の吠え声が空気を裂いた。

すぐ近くで、激しく吠えたてている。威嚇の唸り声が聞こえる。近所の犬だろうか。それとも散歩の通りがかりか。気がふれたような吠えかただった。

窓に貼りついていた気配が、かき消えた。

雛子は扉の把手を引いた。動く。

浴室から雛子は転げ出た。したたかに肩を打ったが、痛みは感じなかった。まだ犬が吠えている。吠え声を背に、雛子は廊下へと走り出て、リヴィングの扉を開けた。

そこには、いつもの風景があった。

見慣れた家具と家電。騒がしいテレビの音。空気にポタージュスープの香りが残っている。なにひとつ変わりない、いつものリヴィングだ。

タオルをかぶった幹太が、目をまるくして雛子を見ている。

「ど、――どうしたの、雛ちゃん」

雛子の顔いろに驚いたらしい。だがぬくもりのある声だった。確かに人の体温と、感情を持った声音だ。

雛子はその場へ、崩れるように座りこんだ。

10

矢田が「チャラメガネ」と評した元同級生の川鍋は、初浪中学校から徒歩七分の実家にとどまっていた。

「いやあ、電話で矢田にも訊かれたけどさ、中学のことなんてよく覚えてねえよ。なにしろ二十年以上も前なんだぜ？」

川鍋は迷惑そうな様子を隠さなかった。

ちなみに訪問したのは、矢田と部長と森司の三人のみだ。大事をとってこよみと藍、ついでに鈴木は彼との接触を避けさせたのである。

「まあ、でもそのホームレスのことは思いだしたよ。〝佐々良〟ってネームが胸に入ったジャージを着て、いつも公園まわりをうろついてたやつだ。そいつ、中学生が嫌いみたいでさ。道ですれ違うと奇声を上げて追いかけてくるんだ。だから『佐々良チャレンジ』とか言って、度胸だめしにちょっかいをかける生徒が何人かいたんだよな」

「ちょっかいとは、具体的にどんな？」

部長が問う。川鍋は指で眼鏡を押し上げて、

「そんな顔するなって。しょせんは中学生のやることとさ。遠くから石を投げるとか、囃したてるとかそのくらいのもんだ」と言った。

部長が首をかしげる。

「それだけですか？　学校の中まで追ってきた彼を、追いつめて屋上から落としてしまったと聞きましたが」

「ああ、それは、まあ……」

川鍋は言いよどんだ。やがてばつが悪そうに、

「まあ確かに、エスカレートしていった向きはあったようだ」

と渋しぶ認めた。

「なんというか……あれだ。反応が面白かったんだよ。ほかのホームレスと違って怒りっぽくて、すぐムキになるのがさ。だからからかうやつらは、あの手この手で怒らせようとしてた。とくにあいつの段ボールハウスは、よく標的になってたな。あいつが留守の間に壊したり、ホースで水をぶっかけて中までずぶ濡れにしちまったり……」

「おいおい、ひでえな」

矢田が顔をしかめる。

「ガキのやることにしちゃ、タチが悪いぞ」

「逆だろ。ガキだからやるのさ」川鍋は口をとがらせた。

「ガキのうちしか馬鹿はできない。高校生になれば本格的に将来を見据えはじめるから、馬鹿やるどころじゃねえよ。あんなふうに羽目がはずせるのは、中学生までだったんだ」

「要するに、いろいろ承知の上でやってたってわけだ。よけい悪りいじゃねえか」

矢田が吐き捨てる。

「で？　おまえも段ボールハウスの破壊に参加した一人かよ」

「はは、まさか。おれは遠くで見てただけさ。おとなしいホームレスならまだしも、あんなやつに自分から近づくほど馬鹿じゃない」

川鍋は笑ってから、かたわらの卒業アルバムを引き寄せた。

「それはそうと、ご希望どおりアルバムを探しといてやったぜ。感謝しろよな。例のホームレスをからかってたのは、こいつらだよ。主犯はこいつ。その取り巻きは、こいつとこいつ……」

アルバムの個人写真を順に指していく。部長がうなずきながら、彼の指を追うように携帯電話で動画撮影した。

森司も身を乗りだす。とくに不良がかったところのない、普通の生徒ばかりに見えた。全員が弾けるような明るい笑顔で写っている。

「ところで川鍋、おまえはどこに写ってんだ？」矢田が問う。

「おれか？　おれはここだよ」

苦笑しながら、川鍋が端を指した。

小柄な痩せっぽちの少年がそこに写っていた。洒落っ気のかけらもない眼鏡をかけている。雰囲気は違うが、確かに面影があった。おどけるように寄り目をして、自分の耳を両手でつまんでいた。

川鍋から「明日まで」の約束でアルバムを借り、森司たちは彼の部屋を出た。

三和土で靴を履き、川鍋家の玄関戸をひらく。

庭先に、ちいさな背がかがみこんでいた。川鍋の祖母だろうか、八十過ぎとおぼしき老婆だ。気温が十度を切っているというのに、肩に薄いカーディガンを引っかけただけの恰好である。

「祖母ちゃん、家に引っこんどけよ、風邪引くぞ」

川鍋が老婆の背に声をかけた。矢田に向かって口を曲げて見せる。

「悪いな。認知症気味らしくてよ。ああなっちゃ子供と同じだな」

「お祖母さまですか。どうもお邪魔しました」

黒沼部長がにこやかに言うと、老婆は振りかえって笑顔を返した。日焼けした皺深い顔に、さらなる皺が寄る。塀に手を突いて、よろけながら立ちあがる。

「ああ、あんたら、孫の就職の世話してくれる人らろっかね」

「祖母ちゃん。家に入れって」

「どうぞ早ぇこと、世話してやってくんなせ」

制する孫に目もくれず、老婆は腰を折って頭を下げた。

「この子にいつまでも家にいらったんでは、困るんさ。仕事がねえ、金がねえでは、居座られてしまうねっか。大学行くって言うて家からいのうなって、やっとほっとしたってがに……。頼むわあ、早よう仕事を見つけてやって」

「祖母ちゃん！」

川鍋が怒鳴った。老婆の体がびくりと跳ねる。

「なんだ、おまえ」

顔を上げ、老婆はまじまじと孫を見つめた。

「おまえ——。お、おまえ、いづ帰ってきたんだ」

加齢で白濁した瞳が恐怖に染まっていく。川鍋が舌打ちし、矢田の肩を押す。

「スイッチが入っちまった。おい、早く帰れ。こうなったら手が付けられ——」

「いづ帰ってきたんだぁ、出でげ、出でいげ！」

老婆が絶叫した。塀に立てかけていた杖を摑み、孫を打ちはじめる。容赦のない打擲だった。頭と言わず背と言わず、川鍋の全身に杖を叩きつける。

「出でげ！　おまえが帰ってきたら、またあれが来る」

森司たちは呆気にとられ、動けなかった。老人とは思えぬ力で、老婆は孫を打ちすえつづけた。首から上が、興奮で真っ赤に膨れあがっていた。

「また来る。死びとが帰ってくる。出でげ、この疫病神。出でいげぇええ」

「帰れ矢田、いまのうち帰ってくれ！」

打たれながら川鍋が叫ぶ。その声に、森司ははっとわれに返った。

玄関から家人が飛びだしてくるのが見えた。あとは彼らに任せようと決め、一同は門扉の外へと走り出た。

「まいったな。どうなってんだ」

目を白黒させてぼやく矢田に、

「どうやら川鍋さんの『中学のことなんてよく覚えてない』は、嘘だったようですね」

と黒沼部長が言った。

「はじめのうちは他人事みたいに話してたのに、『ガキのうちしか馬鹿はできない』あたりは、完全に自分の目線でしゃべっていました。矢田先生の電話をもらってから、どこまで話すかを頭の中で決めてたんじゃないかな。前回会ったときよりおとなしかったのは、緊張していたせいでしょう」

「なのに、ちょっとおれに突っこまれただけでボロを出したのか。よっぽどビビってたんだな、あいつ」

矢田が唸るように言う。森司が口を挟んで、

「あのお祖母さん、『死びとが帰ってくる』って言ってましたね。『〝また〟あれが来る』と。ということは、川鍋さんが中学時代にも〝夜中の訪問〟はあった……?」

「その可能性は高いね」

答えて、部長が首をかしげる。

「でもそのときも十年前も、なにもせずとも自然とおさまったようだ。いったいどうい

う法則なんだろうね。悪ガキたちがササラ先生伝説にちょっかいを出しても、それが起こるときと起こらないときがある。二十三年前はササラ先生こと保土塚本人が死に、十年前はオギくんが死体で見つかった。しかし今回失踪した先輩くんは、いまだ行方不明のままだ」

「なにか発動条件があるんじゃないか？」矢田が言った。

「化学反応みたいなもんでさ。両性金属に強塩基を加えると水素が発生するように、ある一定の条件下で〝なにか〟を掛けあわせると起こる、とか」

「なるほど。だとしたら今回は、うまくいってしまったのかもしれないな」

独りごとのように部長がつぶやく。

「二十三年前より十年前より、うまくいってしまった。発動条件が揃ったんだ。だから先輩くんはまだ死体にならず、霊障がつづいている。新たな生贄を出すまでは、彼の役目は終わらないのかもしれない」

「新たな生贄……って」

森司の喉がごくりと鳴る。

「死人が出る可能性がある、ってことですよね。いやもっとまずいか。だって霊障がつづくなら、一人で済む保証はないんだ。もしかしたら複数人、犠牲者が出るかもしれませんよ」

短い沈黙が落ちた。

「そのとおりだ。悠長にしていられないな」

めずらしく苛立った口調で、黒沼部長が髪を掻きまわす。

「川鍋さんの過去も調べてみなきゃならないが、はたして間に合うか……あ、ちょっと待って。LINEの着信入ってる」

彼は携帯電話を確認して、

「雛子さんからだ。幹太くんを連れて、午後イチで部室に来るってさ」と言った。

「幹太くんか……。彼、あれから大丈夫だったかな」

森司は眉を曇らせた。

「ああ、雛子さんが迎えに来るまで、八神くんとこよみくんで彼を保護してくれたんだよね。そのせつはお疲れさま。ありがとう」

礼を言う部長に「いえそんな」と森司は手を振って、

「それより幹太くん、だいぶダメージ受けてた様子でしたよ。先輩の失踪に関与してしまったんだから、無理ないですけど……。まだ中学生の身にはきついですよね」

と肩を落とした。

「雛子さんを待つ間、幹太くんとぽつぽつ話したんです。イメージが違ったというか、意外ととっつきやすい子でした。ゲームが好きなんだそうです。それもスマホで暇つぶしにやるソシャゲじゃなく、マニアックな古いゲーム。将来は、ゲーム開発をやりたいって言ってました」

「へえ。バスケのプロじゃなく？」

「クリエイター系の専門学校へ進みたいようですよ。部の話はしたくなかったのか、バスケの話題はとくに出ませんでした」

「そっか、そういえば彼のSNSアイコンもゲームキャラだったね」

部長はうなずいて、

「すこしは心をひらいてくれたってことかな。だったら今日は、突っこんだ話を聞かせてくれると期待しよう」と言った。

11

部室を訪れた幹太は、げっそりとやつれて見えた。昨夜森司が会ったときより、さらに憔悴（しょうすい）している。目の下に隈（くま）が浮き、頬が落ちくぼんでいた。

隣に座る雛子も同様だった。顔いろが悪い。ろくに眠れていないのか、腫（は）れたまぶたから覗（のぞ）く眼球が血走っていた。

土曜だけあって、部室には藍を含めた部員全員が揃っていた。

小声で雛子が「さあ、話して」と甥（おい）をうながす。

幹太がうなだれたまま、

「すみませんでした」と呻（うめ）くように謝罪した。

「すみません。やっぱり最初から全部打ちあければよかった。でも遥の手前、言いにくかったし……バレずに済むなら、それでいいかって気持ちがありました」

「だから言っただろう」

苦虫を噛みつぶした顔つきで泉水が言う。

「『言えることは、いまのうち全部言っておいたほうがいい』ってな。後でしんどくなるくらいなら、早めにぶちまけておくのが吉なんだ」

「ですよね。すみません。言う機会をもらえたのに、しらばっくれちゃって」

「ちょっと待ってよ。そこの二人だけで納得しないで」

声を上げたのは藍だった。

「おおよその話は部長から聞いてるわ。でも、なんなの。いったい幹太くんはなにを隠して――いいえ、まわりに打ちあけずに溜めこんでたの？」

幹太が不安そうに雛子を見やる。雛子はうなずきかえした。甥の手を、横からそっと握る。

幹太は二、三度瞬きしたのち、

「じつは――そそのかしたの、おれなんです」

と意を決したように言った。

「七不思議の伝説をいじってネタにしようって、楢木先輩を誘ったのはおれです。でも、違う。最初はこんなつもりじゃなかった――」

顔を上げ、幹太は叫んだ。

「ほんとは、先輩とおれの二人だけのはずだったんです！　二人で夜の校舎に忍びこんで、SNSで動画を流して、それをみんなに観てもらおうと」

「どうしてそんなことを？」藍が尋ねた。

「話題になりたかったの？　まさかね。きみはとっくに人気者だもの。だったら、なぜそんな」

「怪我したかったんだよね」

口を挟んだのは黒沼部長だった。

「正確に言えば、きみは部を辞めたかったんだよね。その口実として、怪我するつもりだったんでしょ？　だからリアル証人として先輩くんを動員し、デジタル証人としてSNS越しの生徒たちを揃えたわけだ」

「すみません」

幹太が深ぶかと頭を下げた。額と膝が付きそうなほど首を垂れたまま、

「遥を、巻きこむつもりじゃなかった。それは誓ってほんとうです。でも決行の日、楢木先輩が急に遥に絡みはじめて――。おれは軌道修正しようとしたんですけど、先輩、遥の伯父さんのことまで持ちだして、あいつが怒るまですげえ粘って。結局、三人で行くことになっちゃったんです」

「どうしてだろうね」部長が言う。

「先輩くんはどうして、そこまで遥ちゃんに絡んだんだろう？」

「……これ、あいつに言わないでくださいね」

打たれた犬のような顔で、幹太は声を落とした。

「遥はきっといやがるから、言わないでおいてください。……楢木先輩、遥の前でいいカッコしたかったんだと思います。遥のこと、好きなんですよ。だからあいつが見てる前で、真夜中の校舎でも一人で平気だってとこ、アピりたかったんです」

「馬鹿なことを」

藍が呆れ声を出した。

「聞いた話の流れじゃ、あの展開で女の子が先輩くんに好意を持つってあり得ないでしょ。点数稼いでるのは幹太くんのほうじゃない。かばった幹太くんを遥ちゃんが好きになることはあっても、先輩ルートは絶対ないわ」

「それに、好きならどうして先輩くんは一人で校庭に残ったんだ？」森司が問う。

「むしろそこは、彼が遥ちゃんと二人きりで屋上に行きたがる場面じゃないのか」

「いやあ、理屈じゃそうなんだけどさ。そこはほら、中学生男子だから」

部長が苦笑顔で言った。

「思春期の、とくに中学生男子の世界観って独特だからね。危ない真似ができるやつほど格上だとか、女に冷たいほうが恰好いいとか、先日話題に出たホモソーシャルに通じるアレだよ。年代的に、その手の価値観に一番染まりやすい頃だから」

「はい。先輩はまさに『女なんかに媚びてられるかよ』と言ってました。『いざとなったら女を守るけど、普段は甘い顔をしない男。女はそういう男を待ってるんだ。おとなしくしてたって女にはモテない。あいつらはオラついた強気な男に弱いんだ』って……」

「そんなことありません」

　こよみがきっぱり言う。

「つねに一貫してやさしい人のほうが、絶対に素敵です。絶っ対です」

　口調に力がこもっていた。

「まさかこんなことだとは、ごめんなさい。わたしも昨夜、幹太から聞かされてはじめて知ったの」

　幹太の隣で雛子が頭を下げる。

　部長が「まあまあ」と手でなだめた。

「雛子さんが謝ることはないよ。それに幹太くんの告白で、いろいろわかった。先輩くんは好きな子の前で恰好つけたくて、わざと一人になったわけだ。なるほど。彼なりに勇姿を見せようという心境だったんだね。ＳＮＳの動画があれば、あとで何度も確認と拡散ができるし」

「わたしのせいだわ」雛子は片手で顔を覆った。

「十年前の件について、わたしが幹太に話したせい。この子、きっとそれを参考にしたのよね。中途半端に打ちあけるんじゃなかった」

「違うって。べつに、雛ちゃんのせいじゃ……」

ふたたびうなだれた幹太に、藍が尋ねた。

「ところで、退部したいがために、なぜここまで手のこんだ真似をしたの？　ストレートに『辞めます』だけじゃ駄目だった？」

「そこは、あの――親が」幹太はもごもごと言った。

「ただ『辞めたい』だけじゃ、親は納得してくれませんから。おれのこと、自分たちと同じようにプロにさせる気だし。いまから進路、全部決めこんでるし……」

「親子鷹(おやこだか)だもんなあ。なにしろテレビにも出てる有名人だ。生半可なことじゃ親もまわりも納得しないよな」

森司は慨嘆した。

「でも、故障なら親御さんだってあきらめるだろう。たとえば練習中にわざと転んで負傷したふりとか、そういうのでもよかったんじゃない？」

「いえ、演技じゃ医者に行けば一発でバレます」

幹太は言下に否定した。

「だから、トラウマによる心因性障害ってことにしたかったんです。それなら器質的な故障がなくても、周囲は納得してくれる。実際にいくつも例があるじゃないですか。オーランド・マジックのマーケル・フルツは、精神的な問題でフリースローがまともに打てなくなった。シャキール・オニールも同様です。バスケ以外でもゴルファーのトミー・アーマーがショートパット恐怖症になったし、大リーガーのチャック・ノブロックは悪送球癖を発症して引退してる」

「なるほど。『フルツやシャックと同じだ』と言えば、お父さんが納得してくれる確率は高まると踏んだんだね」と部長。

「はい。それに……先輩に強要されてしかたなかった、って筋書きにしたかった。父は根っからの体育会系で、上下関係に厳しいですから。自分の意思で馬鹿やって怪我したなら許さないだろうけど、先輩の命令だったなら、渋しぶでも呑みこんでくれると思ったんです」

「いろいろ考えたんだねえ。で、なんできみはその相方に楢木先輩を選んだの？」

重ねて部長が問う。

幹太は一瞬返事に詰まり、やがて、ため息とともに吐きだした。

「……こんな話にのってくる人って、ほかに思いつかなかったから。……でも一番の理由は、ぶっちゃけ楢木先輩が好きじゃなかったからです。あの人なら、おれのトラウマどうこうの嘘に巻きこんでも、良心が痛まないと思いました」

「でも現実には、きみは彼の失踪に対して苦しんでる」

部長はやさしく言った。

「事態が大きくなったことにも、彼が無事帰ってくるかどうかにも、苦しんで良心を痛めている。そうまでして、きみはバスケを辞めたかったの？」

「違うんです。バスケが嫌いってわけじゃない」

幹太は呻いた。

「そうじゃなくて……これ以上、父の言いなりでいるのに耐えられないんです」

膝に置いた手をぎゅっと握りしめる。

「生まれてから九歳まで、おれは祖父母の家にいました。育ててくれたのは、祖父ちゃんと祖母ちゃんと、雛ちゃんです。だからおれの常識とか世界観って、基本的にそっちの家のものなんです。でも父は親や生家より、部活や監督のもとで培った価値観にどっぷりで……」

すこし黙ってから、

「合わないんです」と幹太は言った。

「おれと父は、決定的に合わない。それに子供の頃から一緒に暮らしてなかったせいで、親って感じが全然しない。なんていうか、鬼コーチと毎日の寝泊まりを強いられてる感覚に近いです」

「そりゃあきつい」

森司は思わず唸った。想像するだにしんどい。

部長もうなずいて、

「気の合わないコーチと居住をともにさせられる感覚、か。ぼくはスポーツには縁遠いが、気詰まりなことは想像つくよ。きみたち一家は有名人だから、周囲の注目も浴びるしね」

「そうなんです。まわりの期待が重いし、父と比べられることも、進路を勝手に決められることも、バスケ以外に興味を持ったら無言の圧力をかけられることも、全部つらくてたまらない。……こんなこと言っちゃいけないんでしょうけど、おれがもっと運動音痴で、はなっから才能ゼロだったら、まだマシだったたでしょう。そしたら父も母も、早いうちにあきらめてくれたと思う。すみません。……おれが下手にそこそこできたせいで、変な期待を抱かせてしまったんです」

「いや、べつにいやらしいとは思わないよ」

部長が相槌（あいづち）を打つ。

「きみの言うとおりだ。親の七光りだけじゃレギュラーの座は勝ちとれない。きみに才能があったからこそだよ」

その言葉に、幹太はふっと薄く笑った。

「でもね、〝そこそこ〟は、あくまでそこそこでしかないんです。自分が一番よくわかってます。おれレベルじゃあ全国には通用しない。まず才能があって、努力できて、なによりそのスポーツを大好きじゃなきゃ、選手は大成しません。おれみたいな『やらないと家に居場所がないから』だけでやってるようなやつは、論外です」

「八神くんから聞いたよ。きみが好きなのはゲームらしいね」

部長が言う。

幹太の目もとが、わずかに赤く染まった。

「はい。……ちょっと恥ずかしいけど、そうです。……でも家じゃ、スマホでやるようなゲームさえ『おまえ、オタクか』『健康な男がやるもんじゃない』って言われます。父の価値観に合わないものは全部、くだらないとかオタクっぽいとか、女のすることだって決めつけられるんだ。……うんざりです」

「わかるわ」雛子がぽつりと言った。

「兄さんって、そういう人よね。すごくわかる。向こうにしてみたら、悪気はないのよ。ただ自分の世界観で生きてるだけなの。そして、その感覚を共有できない人がいるなんて、想像すらしようとしない」

彼女は部長に目を向けて、

「兄はきっと心から『よかれと思って』『子供の才能を伸ばしたくて』と思ってやっているの。まったくの善意で、息子のためになると心から思ってる。だから、よりいっそう厄介なのよ」

と言った。幹太が唇を嚙む。

「……両親が家に引きとってくれたときは、嬉しかったです。だからゲームを禁止されてバスケ一本になれって言われても、我慢できた。ほんとうのおれを見てくれないのは不満だったけど、愛情をもらえたことが嬉しかった。……でも、限界が来ました」

重い吐息とともに言う。

「父は『スポーツサークルや市民クラブじゃ駄目だ』の一点張りです。自分が中高と部に所属して、大会で勝ち進んで認められたから、それ以外の道を歩ませる気はないんです。……おれはあのバスケ部、大っ嫌いなのに」

幹太は頬を歪めていた。

「うちの先輩たちは、父とそっくりです。いえ、もっとひどい。体育会系はいい面も悪い面もあるけど、あの男子部は悪い面だけ煮詰めたようなところです。平気で弱いものいじめするし、えこひいきばっかりだ。監督とコーチは止めるどころか『熱心さのあられ』『統率が取れてるのはいいことだ』なんて言って、野ばなしだし……。楢木先輩だって、前はあんな人じゃなかったんだ。あの部に染まって、どんどんいやな先輩になっていった」

「そっか。それで最初の『部を辞めたかったから』に行きつくんだね。退部したいが、正攻法じゃ親は納得してくれないだろう。だからきみは派手な手を使って注目を集めた上で、怪我をして再起不能になる計画を立てた」

部長が言う。

「SNSを介すれば生徒の多くが観るだけでなく、動画という証拠が残る。屋上へつづく階段あたりから落ちる予定だったかな？　ほんとうは先輩くんと二人で屋上へ行ったとき、怪我するつもりだったんだよね？」

「そうです。でも予定が狂いました。土壇場で先輩が『おれは監督役だ。校庭に残って、早乙女がちゃんとやれるか見届ける』と言いだしたんです。ぞろぞろ連れだって歩くより、単独行動のほうが恰好つくと思ったんじゃないかな。おれ、困りました。だって遥と二人のときにおれが怪我したら、遥が責任感じちゃうじゃないですか。だから地上に戻ってから負傷しなきゃ、と悩みながら校舎に入って、屋上へ行って——。そしたら、遥が校庭を見下ろして言ったんです。『楢木先輩が笑ってる』『先輩のそばに、誰かがいる』って」

語尾がわずかに揺れた。

「あのときの遥、別人みたいでした。いつもの遥じゃなかった。顔つきも声もぼうっとして、目の焦点が合ってなくて。それでおれ、急に怖くなったんです。遥を連れて、すぐに屋上を出ました。……でも校庭に戻ってみたら、楢木先輩はいなかった」

「それっきり、彼は消えてしまったわけだ」

部長が首肯し、つづけた。

「幹太くん、これは意地悪な質問だけどごめんね。夜中に訪れた〝彼〟は、きみを責めたかい？　前回きみは、先輩もどきの声から『おまえの秘密を黙っててやる。開けろ』と言われたと話した。この『秘密』というのは、いまきみが打ちあけた内容とそっくり同じ？　例の声は『おれが死んだら、おまえのせいだ』ときみに言ったかな？」

「い、——言いました」

幹太の肩が落ちた。

「あの声は、知ってました。おれが退部したくて計画を立てたことも、楢木先輩を利用したことも……。親を嫌ってることも、全部把握してた。楢木先輩は、知らないはずなのに。あいつは窓の向こうで、すべてを指摘してから、言いました」

――十年前と同じに、おれは死体で見つかるかもしれないぜ。

――そうなったら、おまえはどうする気だ？

――どうやって償う気だ。

――おまえは人殺しだ。責任はおまえにある。なあ、人ひとり殺した過去を背負ったまま、黙って生きていけると思うか？

「……それだけじゃない。一昨日は、中へ入れろと言われました。『いまなら間に合うかもしれないぞ。おれを助けたいなら、窓を開けて中に入れろ』って……。そのときは、怖くて開けられなかった。でも、また先輩が来たら、わかりません。おれ、今度こそ、窓を開けてしまうかもしれない……」

声がわななく。幹太の握った拳に、ぽつりと涙が落ちた。

雛子が甥の頭を無言で抱き寄せ、部長を見た。

「わたしもよ」と低く言う。

「昨日、わたしのところにも、オギくん――いえ、荻島くんが来た。彼も同じく『入れろ』と言っていたわ。『入っていいと言え。許可しろ』と」

「ふうむ」

部長が顎を撫でた。

「『出てこいよ』という誘いが、『中へ入れろ』に変わったか。まずいね。自分の領域へ誘い出すんじゃなく、相手の領域へ侵入をはかりはじめた。時間経過とともに、すこしずつ力を付けているってことかな。……うん、非常にまずい」

12

翌日は早い時間から、手分けして情報収集にあたった。日曜ということで藍も参加である。なにしろ顔の広い彼女ゆえ、千人力の協力だった。

「夜中に来る声の正体は、なんなんでしょうか」

部室に残った森司が問うと、

「〝魔〟だろうね」

部長は答えた。

「保土塚徹平のようでいて、雛子さんの元同級生のようでいて、幹太くんの先輩のようでいて、そのどれでもない。彼らの一部、もしくは大部分を吸いあげて捏ねあげたなにかだ。やはり、魔としか呼びようがないな」

ノートパソコンのタッチパッドを撫でて、

「おそらく保土塚が死んだとき、魔へと繫がる道ができたんだろう。あそこはもともと

〝底の弱い〟土地だったんじゃないかな。学校とは前にも言ったとおり、思いが内にこもる場所だ。人の思念が積みかさなって凝(こご)りやすい場所なんだ。そこへ、なんの間違いか保土塚徹平が足を踏み入れてしまった。過去の死を背負った――というか、背にこびりつかせた保土塚が」

「『尾筒リンチ事件』ですね」

「そうだ。保土塚はまさに中学生のとき、人ひとりを凄惨(せいさん)なリンチで殺している。だからこそ彼はあの土地と呼応したんだ。彼の死が、魔へと繋ぐ道をつくった」

「でもその道は、いつも通じてるわけじゃないと思います。すくなくとも日中は普通の学校ですから。それにここ十年間は、なにも起こっていなかった」

「そこは矢田先生が言った〝発動条件〟だと思うよ。絶対条件のひとつは〝深夜〟だろうが、ほかはまだわからない。だが保土塚徹平に関するなにかじゃあないかな。道をこじ開けたのは彼だからね。――おっ、これかな」

部長が手を止めた。

「元記事は消されてるが、キャッシュが残ってる。『世間を騒がせた少年事件。加害者家族のその後は!?』だってさ。『尾筒リンチ事件』とはっきり出されてはないが、記事にある事件概要が酷似している」

部室の引き戸が開いた。

入ってきたのはこよみと鈴木だった。図書館の一階と二階にそれぞれ分かれ、資料探索に当たっていた二人だ。

「遅くなりました。『尾筒リンチ事件』の、保土塚を除く犯人の現在について、調べられるだけ調べてきました」と鈴木。

「わたしは地元住民の反応と、主犯たちの生い立ちを」こよみが言う。

部長が彼らに向きなおって、

「ぼくもネットで記事を拾って、いくつかピックアップしといたよ。ちょうどいま『加害者家族のその後云々』という記事を見つけたとこだ」

とノートパソコンをくるりとまわした。

三者の情報を総合した結果、従犯Cこと保土塚徹平の両親は、事件後すぐに離婚していた。

私立高校に通っていた姉は退学し、母親も退職。二人は母方実家へと引っ越した。

地元に残った父親が、少年院を出た保土塚を出迎えてともに暮らした。しかし父親は一年後、会社を自主退職して無職となった。

また父親は記者の取材に対し、こう答えている。

「被害者遺族への慰謝料のため、働きつづけねばと思っていた。だが、ある朝どうしても布団から起きあがれなくなった。医師に重度の鬱病だと診断され、退職せざるを得なかった」

「息子には、働く父の背中を見せていればよいと思っていた。男同士なのだから、気持ちは語らずとも通じると。いまでも、どこで道を間違えたのかわからない」

一方、主犯Aは高校にこそ通えなかったものの、祖父が経営する会社の役員におさまったという。名ばかりのお飾り役員で、遊びほうけながら悠々自適の暮らしを送っているそうだ。

主犯Bはといえば、一家ごと県外へ引っ越した。誰も知らぬ土地で一からやりなおしたのだ。両親ともに資格職だったのがさいわいしたのか、移住は成功。主犯Bは過去を知る従妹と結婚し、二人の子供をもうけている。

一方、保護観察で済んだ従犯Dは地元高校を卒業後、ごく普通に就職した。成人後も逮捕歴がある主犯A・Bとは違い、この従犯Dだけは完全に更生したようで、一度も警察沙汰を起こしていない。

「最後の記事は十八年前ですから、これ以後のことはわかりません。せやけど犯人の中でもっとも身を持ち崩したのが、保土塚なのは間違いないようです」

と鈴木が言った。こよみがつづけて、

「被害者を含む五人が在籍した中学校は、リンチ事件に対し、当時こう発言しています。『夏休み中に起こった出来事なので、対応しきれなかった』『当校の対応に問題はなかったと思う。教師とはいえ人間で、限界がある』。この発言はマスコミにそうとう叩かれたようです。教育委員会は校長と教頭に二箇月の減俸、主犯Aの担任に戒告の懲戒処分を下しました。それから、主犯たちの生い立ちですが……」

とメモ帳をめくって、

「主犯Aは小学生の頃に両親が離婚し、祖父母に養育されたものの、裕福に生まれ育っています。主犯Bの両親は、父親のギャンブル好きを理由に別居中でした。ともに先輩のしごきで柔道部を退部。以降は、一気に非行化しました。二人とも大柄で力が強く、弱いものいじめするので有名だったそうです。通りがかった小学生を殴ったり、自転車ごと老人を蹴り倒すなどして近隣住民に怖がられていました。……なお事件後、Bの両親はともに移住することで夫婦の絆を取りもどし、Aは疎遠だった実母と再会できています」

「事件をきっかけに大人が反省して、いいほうへ転んだってわけだ。皮肉だね」

部長は眉をひそめた。

こよみが言葉を継ぐ。

「尾筒リンチ事件の審判記録は閲覧できませんでしたが、週刊誌の記事によれば、AとBは弁護士の指導が行きとどいていたようです。審判中に反省の弁を述べ、被害者遺族に謝罪の手紙を送るなどしています。でも従犯Cこと保土塚は、弁護士を雇わなかったせいか悪手つづきでした。家裁調査官に反発し、審判でも強がった言動をつづけ、心証を悪くして少年院送りになっています」

「従犯で少年院送致はめずらしいもんね。察するに保土塚徹平は、人間関係の立ちまわりが巧くないタイプだったかな。もともと彼はAとBにいじめられていたらしいもんね。

自分の身を守るため、強者に媚びていじめ側にまわったんだ。だがコミュニケーション能力が低い者は、いざというとき引き際が読めず事態を悪化させやすい」

ふたたび引き戸が開いた。

入ってきたのは藍と泉水だった。

「ただいまー。言われたとおり聞きこみしてきたわよ。部長の推察どおり、保土塚徹平の事故死のあと、おかしなことがちょくちょく起こってたみたい。ただし初浪中学にじゃなく、校区の一部にね。もっとはっきり言っちゃえば、ポスドクの川鍋さん家を含む、あそこら一帯に発生したらしいわ」

「なにが起こったの？」と部長。

「パターンは複数。いわく『夜中に庭を荒らされた』、『寝ていたら、カーポートに置いた車ががたがた揺れた』『真夜中にチャイムを十分以上鳴らされた』等々。でも全部に共通しているのは『窓の外で、誰かがなにかしゃべっていた』という証言ね」

藍が言葉を切る。部長は考えこんで、

「〝なにか〟しゃべっていた——か。内容はわからないのかな？」

「ささやくような低い声で、よく聞きとれなかったそうよ。ただ数人から『亡くなった親戚の声に似ていた』という証言が取れてるわ。その親戚が、近親か遠縁かはまちまちだけど」

「そうか。川鍋さんのお祖母さんも、『また死びとが帰ってくる』と言ってたね」

　と部長がうなずいたとき、

「おれは農学部のOBから、初浪中の卒業生を何人か見つけた。保土塚の事故死当時に、在校生だったOBだ」

　と泉水が口をひらいた。

「うち一人が川鍋を覚えていた。いわく『中学一年まではおとなしかった。いじめられて、パシリをさせられてるうちにおかしくなったようだ。可哀想だった』。どう可哀想だったか訊くと『不良どもに気に入られたいがために、歌ったり踊ったり、お笑い芸人の物真似をしたりと必死だった。不良の言いなりに女子の着替えを覗いたり、盗撮まがいの真似までしていた。気の毒で見ちゃいられなかった』だそうだ」

「目に浮かぶようだね。いやな話だ」

　部長が顔をしかめる。

「でも、共通点はひとつ判明しましたね」森司は言った。

「三十六年前の保土塚、二十三年前の川鍋さん、十年前のオギくん、そして今回の先輩くん。――全員が同じタイプの少年だ。元いじめられっ子で、その地位から抜けだそうとしてあがいていた」

「うん。彼らが鍵のひとつなことは間違いないな」

　部長が肯定して、

「ぼくは自分をホモソーシャルとは無縁な人間だと思ってる。でも『長男はこうあれかし』と育てられた人間だから、ある程度その感覚は理解できるんだ。彼らの思う男らしさや仲間意識に賛同はできないが、一員として認められたときの嬉しさや、居心地のよさはわかる。その『嬉しい』気持ちだけで終わっていれば、誰にとってもよかったんだろうけど……」

とため息をついた。

夜もふけ、一人二人と部員が帰り支度をはじめる。

藍もバッグを肩に掛け、早足で部室を出ていった。それを見はからい、森司はそっと忍び出ると彼女のあとを追った。

「藍さん、藍さん。あのう、ちょっとお話が」

小声で呼びかけ、柱の陰から手まねきする。

「なによ八神くん、こそ泥みたいに」

「いや泥棒じゃないです。逆です。今年は贈る側にまわりたくてですね。……藍さん、誕生石のアクセサリーってもらったら嬉しいですか？」

「なぜあたしに訊くのよ」藍が呆れ顔で言う。

「こよみちゃんにぶつけなさい、その質問は」

「はい。一応調べたんです。灘の誕生石」森司は早口でつづけた。

「彼女は五月生まれだからエメラルドなんですよね。でもこういう濃いグリーンって、いまいち灘のイメージじゃないなと思って。いや彼女はもちろん何色だろうと似合いますけど、グリーンの服とか小物持ってるの、あんまり見かけないじゃないですか。それに巷じゃダイヤが一番人気でしょうが、おれの予算じゃ爪の垢程度の大きさのしか買えなそうで、だったらほかの石のほうがいいかと思いまして、それで……」

「待って」

藍がさえぎった。

「きりがない。結論から言いなさい」

「はい」森司はおとなしくうなずき、

「……それでですね、おれは灘のイメージなら真珠だと思うんです。どうでしょう。この結論、女性から見て有りですか？」

「有りじゃない？　真珠って冠婚葬祭のイメージ強いけど、デザインが可愛ければ普段使いも全然ＯＫだもの。それに八神くんのセンスって全体に無難だけど、『悪趣味』と思ったことは一度もないわよ」

「ありがとうございます」

いったん頭を下げてから、森司はいそいそとカタログを取りだした。小山内からもらった、某高級宝飾店のカタログである。

「見てください。このページのここです。『セミバロックパールの一粒ネックレス』ってやつ。どう思いますか」

「あら可愛い」藍が目を輝かせた。

「いいんじゃないかな。ちゃんとプラチナチェーンの本真珠だし、バロックの揺れるタイプだから冠婚葬祭感もないし。シンプルで、どの服にも合わせやすそうよね」

「ほ、ほんとですか。じゃあこれに決めようかな。こっちのアメジストもいいかと思ったんですが、やっぱり色つきの石より真珠が似合――」

部室の引き戸がひらいた。

「藍さん、八神先輩。まだ帰ってなかったんですか」

引き戸から半身を覗かせているのは、当のこよみであった。藍が素早く森司を背に隠す。その間に森司は、大急ぎでカタログを帆布かばんにしまった。

「お二人とも、そんなところにいたら寒いですよ。……どうかしました？」

「なんでもない」

二人は異口同音に言い、首を横に振った。

13

週が明けての月曜、大江田遥は「友達の家にお呼ばれした」と親に嘘をつき、早乙女雛子のアパートへと向かった。

ただし雛子と二人きりではなかった。幹太も一緒である。

「おれシュラフ持ってきたんで、廊下で寝るよ。二人はできるだけ固まって寝てくれ。あ、覗いたりしないから大丈夫、安心して」

ぎこちなく幹太が軽口を叩く。

「べつに心配してないよ」遥は笑顔を作って返した。

本心だった。だってお互い、とてもそんな空気じゃない。男女混合の気恥ずかしさや、お泊まり会特有の高揚にはほど遠い。

正直言って、幹太がいてくれて心強かった。幹太は長身で力も強い。いざというときを思えば男手はあってほしい。問題はその〝いざというとき〟が訪れるか、どういうかたちでやって来るかだった。

部屋のカーテンはすべて閉めきった。隙間ができないよう、合わせ目は安全ピンで留めた。

部活は、それぞれ理由を付けて休んだ。ホームルームが終わるやいなや、学校からこのアパートへ直帰したのだ。シャワーは陽が落ちないうちに済ませた。四時間が経ったが、三人ともこのリヴィングからほとんど動けていない。

――一人になるのが、怖い。

「ごはん、こんなのでごめんね」

市販のサンドイッチを二人に手わたしながら、雛子が言う。

「悪いけど料理する気分じゃないの。うちのキッチンに窓はないけど……。なんだか、換気扇をつけるのがいやで」

気持ちはわかる、と遥は思った。

換気扇のスイッチを入れたら、夜の外気と繋がってしまう。それが怖かった。いまはこの部屋に三人きりで、夜そのものから隔絶されていたかった。

インスタントのスープとともに、噛みしめるように野菜サンドを食べる。コンビニではなく、近所のベーカリーの製品だ。食欲はなかったはずなのに、一口食べると止まらず、瞬く間にたいらげてしまった。

気づけば、隣の幹太も同様だった。

なんとなしに目を見交わし、ふっと笑う。胃を満たされ、あたたかいスープで体温が上がったせいだろうか。意外にも笑う余裕が生まれていた。

雛子がそんな二人に目を細めて、

「デザートもあるのよ。オカ研の黒沼くんが『甘いものは気持ちを落ちつかせる』って、ロールケーキを差し入れてくれたの。しかもフルーツたっぷりの豪華版」

と微笑した。

熱いコーヒーをマグカップで啜り、ケーキを一切れずつ食べ終えた頃には、リヴィングの空気はかなりやわらいでいた。

視界が広くなった気がする、と遥は思った。

この部屋に足を踏み入れて何時間も経つのに、いまはじめて加湿器が稼働していると気づいた。マグカップのデザインがお洒落なことも、ラグマットが北欧ふうであることもようやく目に入った。

「オカ研といえば、おれたちがここに泊まることも部長さんに言ってあるんだ？」

幹太が問う。雛子が肯定すると、

「あの人たち、変わってるよな」と彼は苦笑した。

「でも、おれたちも充分に変だ。警察でも探偵でもないただの大学生サークルなのに、なんでかな、気が付いたら信用しちまってる」

「変っていうか、いい人たちだよね。なんの得もないのに親身になってくれて」

遥はそう言ってから、幹太を見た。

「ねえ。そういえば八神さんと灘さんって、付きあってるのかな」

「はあ？」幹太が目をまるくする。

「はあってなに。どう見たって両想いでしょ、あの二人」

「えー、ないない。それはないって」

激しく手を振る幹太に、遥は首をかしげた。

「ないってなんで？」

「だって灘さんって、あのショートカットの人だろ。百点満点でいったら百二十点って感じの人。そんで八神さんは……確かに優しいいし、いい人だけど、さすがにあんな美人とじゃ……」

遥は数秒、雛子と顔を見合わせた。一拍置いて口々に、

「信じらんなーい。それ真面目に言ってる？」

「幹太って意外に鈍感なのねえ。もっと人を見る目があると思ってたのに。なにもしないでもモテるとこうなっちゃうのかな、叔母さん心配」

と言いつのる。

幹太は目を白黒させて、「いや、でも、だって」と抗弁を試みたが、結局はぶつぶつ言いながら黙った。その様子に雛子が笑い、遥も笑う。

その後も、驚くほどなごやかな時間が流れた。

残りのケーキをすべてたいらげ、コーヒーをホットミルクに替えてひと息ついた頃には、時刻は夜の十時近くなっていた。

「さて、全員が明日も学校よね。二人はいつも何時に寝て、何時に起きるの？」

雛子が問う。

「朝練がある日は、九時寝で五時起き」幹太が即答した。

「いまは朝練なしだけど、親父がうるさいからさ。どんなに遅くても十一時には寝ることにしてる。早寝の習慣が体に染みついてるし」

「わたしも習慣で、早めに眠くなっちゃう」

遥は認めた。

「小学生から、ずっとバスケやってたんだもん。三日もボール触らないなんてはじめて。

夜ふかしって憧れてたけど、不思議だよね、いざ遅くまで起きてていいとなったら、なにもすること思いつかないの」

「ゲームすりゃいいじゃんか。おれ、ゲームできるなら朝まで余裕だぜ」

と幹太が身をのりだす。遥は両手を振った。

「無理無理、わたし下手だよ。下手くそとやっても楽しくないって。それにさっきも言ったけど、眠くなってきちゃった。……──ちっとも、寝たくなんかないのに」

最後の一言は、低い小声だった。

横から雛子がそっと言う。

「じゃあすこし横になる？　目をつぶって体を休めるだけでも違うわよ。わたしたちはまだ起きてるから、大丈夫」

「ありがとうございます。じゃ、そうしようかな……」

「ほんとは交替で見張り番できたらいいよな。三、四時間ごとに起きるようにしてさ」

幹太が言う。遥は笑って、

「三時間やそこらで幹太くんが起きれるとは思えないなあ。雛子さん、洗面所借りていいですか？　わたし、歯みがいてきます」

と腰を浮かせた。


脱衣所と兼用の洗面所は、トイレと浴室の両方へ繋がっている。浴室には窓があるが、トイレと洗面所は換気扇のみであった。

遥は洗面所を閉めきらず、すこし扉をひらいておいた。閉ざされた空間で一人になりたくなかった。浴室のほうは見ないよう意識して、ポーチを開ける。コンビニで買った歯ブラシの包装を剝がす。

顔を上げた。目の前の鏡に、自分が映っていた。

疲れた顔、と思わず苦笑する。目の下に隈がくっきり浮いていた。眼球だって充血して、なんだか自分の顔じゃないみたいだ。

歯ブラシを口に突っこんだ。しばし、無心でみがく。

デンタルリンスのミント味でも、眠気は去ってくれなかった。逆に強くなるばかりだ。あたたかい部屋で目を閉じたらすぐ寝ちゃいそう、と心中でつぶやく。

——でも、雛子さんも幹太くんもいるもんね。

一人じゃないのは心強いし、ありがたい。さっき幹太が言ったような、交替の見張り番も悪くない気がしてきた。誰かしらが起きて一晩じゅう窓を見張っていれば、あれが来たって対処できるはずだ。

眠気をこらえながら、遥は手を機械的に動かした。

まぶたが自然に下りてくる。目の焦点がぼやける。

洗面台には、ガラスのコップが置いてあった。雛子のものだろう歯ブラシが立ててある。天井のライトを弾いて、コップの表面が白く光っている。

なにか映ってる。遥は思った。コップのガラスに誰か——。

ううん、あれはわたしだ。映っているのはわたし。

やっぱり寝ぼけてるんだなあ、と自嘲した。

だってここには、わたししかいない。ほかの誰かが映るなんてあり得ない。なのにガラスが光を反射して、きらめいて、その奥に不思議な影が見える。

影は、ぼんやりとおぼろだった。光とともに揺れている。さながら手を振っているように、左右にたゆたっている。

いや違う、と遥は気づいた。ほんとうに手を振ってる。人影だ。知っている人だ。

この光景、子供の頃に見たことがある。どこでだったろう。

——ああそうだ、修介伯父さんだ。

修介伯父は、遥が幼い頃に事故死した。顔も声も覚えていない。でも、伯父さんだ。だって遥が二歳か三歳の頃、会ったことがある。こんなふうに道の向こうで、手を振っていた彼を思い出せる。

伯父の影は、手を振りつづけていた。逆光なのか顔は見えない。しかし、笑顔だとわかった。

笑ってる、と口の中で遥はつぶやいた。修介伯父さんが笑っている——。

遥は左手を振りかえした。なかば以上、無意識の仕草だった。歯ブラシが右手から落ちる。天板に当たって跳ねかえり、床へと転がる。

遥は洗面台に両手を突いた。首を垂れ、背をまるめる。

どれほどの時間が経ったのか、やがて、ゆっくりと顔を上げた。

鏡に誰かが映っていた。なぜだろう、もうすこしも自分の顔に見えなかった。

遥は洗面所を出た。体がうまく動かない。足がもつれる。壁に何度も肩をぶつけながら、リヴィングへと戻った。扉の隙間から洩れる蛍光灯の光が、目に痛いほどまぶしい。

扉を開け、遥は口をひらいた。

まぶしい、とおそらく言ったはずだ。まぶしいから消せ、と。

しかし唇から洩れたのは、遥自身の声ではなかった。もっと低く、かすれた男の声だ。

遥を見上げ、幹太が目を見ひらいている。雛子が愕然と手で口を覆っている。

ああ、誰の声かわかった。遥は思った。

修介伯父さんの声だった。

14

二十分後、森司は泉水のクラウンの後部座席に乗っていた。

助手席には部長が、後部座席には森司とこよみ、鈴木が座っている。クラウンは初浪中学校に向かって、まっすぐに疾走した。

黒沼部長が、雛子からの電話を受けたのは十五分前のことだ。

「出て行っちゃった」

電話口で、雛子はあえぐように言ったという。

「遥ちゃんが――遥ちゃんじゃなくなって、出て行っちゃった。どうしよう、幹太を連れて行ったの。わたしじゃ止められなかった。お願い、あの子たちを助けて」と。

「行き先は、中学校で間違いないいんでしょうか」

こよみが問う。

「間違いないよ」部長が応えた。「というか――それ以外に、ないからね」

「体がざわざわします」

森司は低く言った。

「初浪中に近づくごとに、寒気がひどくなるみたいだ。耳鳴りも強くなってきた。間違いない。〝なにか〟が起こってます」

「現在進行形ですな。おれも、全身鳥肌立ってますわ」鈴木が同意した。

十字路を青信号で通過すると、小中学校のグラウンドを仕切る高いネットが見えた。

ナイター用の照明はすでに消えている。夜闇にシルエットだけを浮かびあがらせた校舎は、建物と言うより冷えた巨大な石塊だった。

車がグラウンドに近づく。森司は窓ガラスに貼りつき、目を凝らした。校庭に人気はない。幹太も遥も見あたらない。

「あっ」

森司は短く叫んだ。

「どうした」ハンドルを握る泉水が言う。

「あそこ——、人が倒れてます。ネットの向こう」

　クラウンが急停止した。

　だがそこに倒れていたのは、幹太でも遥でもなかった。行方不明の楢木少年でもない。風体からして、学校に残っていたらしい教師であった。

　ネットに、刃物で切り裂いたような破れ目ができていた。その穴をくぐって森司たちは駆けつけた。

　教師を抱え起こす。彼は朦朧としていた。「どうしました」と訊いても、不明瞭なうわごとが返ってくるだけだ。ただし外傷はなかった。殴られたような瘤もない。

「ネットを切ったのはおそらく遥ちゃん——いや、遥ちゃんのかたちをした〝なにか〟だろう。この先生は運悪く、見まわり中にそれを見とがめたのかな」

　眉を曇らせて、部長が校舎を仰ぐ。

「いよいよまずいな。発動条件が揃った上、憑依体質の伯父さんが完全にファクターとして加わった。しかも伯父さんは、現世になにがしか鬱屈を残した気配がある」

「はじめて部室に来たとき、遥ちゃんは『これまで霊とかお化けなんて視たことなかった』と話してましたよね」森司は言った。

「そして『でもあの夜はすごく、そういうものと近かった』――と」

「ああ。本人や親が思っていたより、彼女は伯父さんの血を濃く受け継いでたんだ。長らく押しこめていたのに、あの夜あの場所にいたことで、蓋(ふた)が開いてしまった。今回〝うまくいってしまった〟要因のひとつは、遥ちゃんだ。彼女の中に眠っていた伯父さんと、この磁場にひらいた道は相性がよすぎた」

　つぶやくように部長が言う。

　泉水が鈴木の肩へ手を置いた。

「悪いが鈴木、救急車が来るまでこの先生のそばに付いていてくれ。おれたちは、屋上へ行く。……行きたかねえが、どうやらこの学校にできた〝道〟を閉じなきゃ、まずいことになるらしい」


　校舎に入った四人は、全速力で階段を駆けあがった。

　先頭に森司、すぐあとに余裕をもって泉水が付き、だいぶ遅れてこよみと黒沼部長が走る。

「霊障の発動条件は、構成メンバーだ」

　ぜいぜいと息を切らしながら部長が言った。

「ことの起こりは、三十六年前の『尾筒リンチ事件』にさかのぼる。柔道部のエリートだった主犯AとB、そして保土塚徹平と従犯D。彼らは遊び半分に、人ひとりを虐待して殺した。保土塚は生涯、この事件を悔やんでいた。反省したからじゃない。あの事件で自分だけが貧乏くじを引いた、人生が狂ったと思っていたんだ。彼は過去と死をべったり背負ったまま、二十三年前にこの校舎に足を踏み入れ、屋上から墜落死した。――奇しくも保土塚を落としたメンバーは、『尾筒リンチ事件』とほぼ同じ構成だった。保土塚へのからかいを主導していたのは、一見明るいスポーツマンの生徒たちだったという。そして屋上まで追いついた保土塚を、遊びの延長で死にいたらしめたのも同じ顔ぶれだった」

「保土塚徹平は、突き落とされたも同然だったらしい」

泉水が言った。

「OBの一人から目撃談を聞けた。新聞記事とは違って、実際は十人ほどで保土塚を取り囲み、柵まで追いつめて落としてしまったんだ――とな。手で触れてこそいないが、肩で押す、膝で小突くなどはやった。おまけに柵の傷んだ箇所へ意図的に追いやり、怯える顔を見て笑ったそうだ」

「ある意味、『尾筒リンチ事件』の再現だったんだよ」部長が言う。

「その瞬間の屋上には、時を超えて、目に見えない死が幾重にも重なっていたんだ。だからこそ保土塚の墜落死は、魔へと繋がる〝道〟をこじ開けた」

あえぎながら言う部長の襟首を、泉水がひょいと摑んだ。軽がると小脇に抱えて階段をのぼり出す。部長は「ああこれいい。すごい楽」と息をついて、

「十年前のオギくん失踪も、同様だった。雛子さんによれば、オギくんを囃したてて引くに引けない空気にしてしまったのも、体育会系の生徒たちだったそうだ。スクールカースト上位で、弱者を見下している層だね。『尾筒リンチ事件』の主犯A、Bタイプだ。そして当のオギくんは、従犯Cこと保土塚タイプだった」

「今回も同じです」

駆けながら森司は言った。

「ベクトルはやや違えど、スポーツマンで人気者な幹太くんと遥ちゃん。そして保土塚タイプの楢木先輩。ただし屋上に行ったのは、消えた彼じゃなかったけど」

「間が悪かったよ。偶然とはいえ、もっとも磁場と相性のいい遥ちゃんが屋上に行ってしまった。その上、二十三年前と十年前には不完全だった構成メンバーが、今回は完全に揃ったんだ。二十三年前は人数が多すぎ、十年前はすくなすぎた。でも、今回は——」

部長が言葉を切る。

眼前に、屋上へつづく鉄製の扉があった。

一分ほど遅れてこよみが追いつく。泉水が、抱えていた部長を床に下ろす。

「わたし、開けます」荒い息をおさめながら、こよみが言った。

「雷の夜、幹太くんから開けるコツを聞きました」

こよみがドアノブを左右へ揺すりはじめる。その間に、森司は部長を振りかえった。

「〝呼ばれた〟遥ちゃんは、この屋上でなにをするんでしょう」

「そりゃあ、先輩くんを落とすのさ」

即答だった。

「〝ササラ先生〟にとって、遥ちゃんがいれば先輩くんは不要だからね。十年前のオギくんは、人数不足のせいか完全な傀儡にならなかった。だが今回の先輩くんは保土塚と呼応し、かつ遥ちゃんを引き入れるための道具として有能だった。だから生かしておいたんだが、よりよい器が手に入ればそれまでだ」

部長は顔をしかめていた。

「遥ちゃんが媒介にされるなんて、考えただけでぞっとするよ。彼女と伯父さんが共鳴できる死人の数は、オギくんや先輩くんの比じゃあない。夜が訪れるたび、この街は死びとで溢れかえるかもしれない。そんな事態は御免だね」

「開きました」

こよみが叫ぶ。同時にドアが開けはなたれた。

冷えた外気が吹きつけ、一同の頬を横なぐりに張った。

月も星もない夜だった。森司は目をすがめた。すでに闇に慣れた視界に、シルエットが二つ映る。柵の近くだ。

遥が立っている。そのそばで、幹太がぐったりと座りこんでいる。よかった、と森司はほっとした。よかった、誰も死んでいない。間に合った——と。

だが、安堵するには早かった。

部長の仮説が正しいのならば、まだ早い。肝心の〝全員〟が揃っていない。

ゆっくりと、遥がこちらに首を向けた。

いや、正確に言えば遥ではなかった。少女ですらないと、まとう空気でわかった。

疲れきった中年男がそこにいた。生きるのに疲れた男。この世に生まれ落ちたことすら悔いている男であった。

――これが〝修介伯父さん〟か。

遥が四歳のとき死んだ伯父だ。生前は強い霊媒体質で、自殺とも事故ともつかぬ死にかたをしたという。その双眸はよどんで曇り、表情はだらりと弛緩していた。

背後からの足音に、ふと森司は気づいた。

たったいま駆けあがってきた階段を、誰かがのぼってくる。二人ぶんの足音が聞こえる。一人の足どりは強く、もう一人は弱よわしい。

「着いたな」泉水が抑揚なく言った。

そう、これも仮説のとおりだ。わかっていた展開だ――。森司は内心でつぶやく。

なぜなら見張り役の矢田先生が、電話で逐一連絡をくれていた。

失踪した楢木少年は、生身だった。用済みになり、息絶えたとしても肉体は残る。死体すら見つからないならば、日中はどこかで身を潜めているか、もしくは誰かにかくまわれているかだ。

だが昼の日中に遠くへは行けまい。となれば初浪中学校の近く。校区内の家――。

森司が注視する中、ドアノブがまわる。鉄製の扉がゆっくりと開いていく。

まず靴先が見え、次いで全身が目に入った。

川鍋だった。

彼は森司や部長に気づいて瞠目し、抱えていたものを離しかけた。ずるり、とその腕から、重そうな体がずり落ちる。

細長い手足。まだ完成されきっていない少年の肢体。

行方不明になっていた、楢木少年だ。

楢木は、一目でわかるほど衰弱していた。目の下が落ちくぼみ、肌が乾燥して皺ばんでいる。ろくに食物も与えられず放置されていたに違いない。なぜって〝ササラ先生〟が、世話を命じなかったからだ。そして彼は、いまにも御役御免になりかけている。

重い鉄製の扉が閉まった。胃の腑に響くような音だった。

ああ、全員揃った――。森司は思った。

主犯A、Bに準ずる遥と幹太。従犯Cに呼応する楢木。そして従犯D役としての川鍋。

保土塚徹平が、ササラ先生ではなかったのだ。

この屋上。このメンバー。この冷えきった夜気。すべてが揃ってはじめて、七不思議の最後のひとつ、〝ササラ先生〟なのだった。

「二十三年前も、あなたはここにいたんですね。――川鍋さん」

部長が平たい声で言った。

「保土塚徹平をこの屋上から落とした生徒たちの中に、あなたもまぎれていた。あなたたちは彼の死を〝持ち帰〟り、そのまわりで不可思議な現象が頻発した。夜中に庭を荒らされ、カーポートの車を揺すられ、真夜中にチャイムを連打された。ただし発動条件が不完全ゆえ、長つづきはしませんでしたがね。……あなたの祖母のような賢人だけが、この現象を正確に把握し、『死びとが帰ってきた』と、長い間忘れなかった」

「そして、その子が失踪した夜もだ」

泉水が楢木少年を指して、

「あんたは同じく、この校内にいた。卒業生だけあって、うまい侵入口でも知ってるんだろう。おおかた夜中に実家を抜けだして、隅っこで煙草でも吸ってたんじゃないか？　OBの話じゃ、実家であんたは冷遇されてるらしい。肩身が狭くて、一服する場所もないんだろうよ」

と言った。

彼らが言いつのる間、森司は歯を食いしばっていた。

遥が斜め前方に立っている。距離は一メートル以上離れていた。なのに、びりびりするような思念が伝わってくる。背すじが自然と強張る。気温は三度を切っているというのに、額に脂汗が浮く。

泉水が間に立ち、遮断してくれている。それでも、膝の震えは止まらない。

――修介伯父は、自殺だった。

森司は確信した。彼の死は、間違いなく自殺だった。

夜となく昼となく、あらゆる〝声〟を受けとめてしまう苦しみ。突如として喪失する意識。目覚めたときに浴びせられる嘲笑と、嫌悪と畏怖。

親ですら理解してくれなかった。それどころか「恥をかかせないで」と叱責された。「お兄ちゃんでしょ、馬鹿なこと言わないで」「長男なんだから、もっとしっかりしなさい」「いつまで子供みたいな真似してるの」と。

女性の霊が前ぶれなく降霊したときは、とくにひどかった。「女の声真似して、なんのつもり？」「大の男がみっともないと思わないの」「いいかげん、長男の自覚を持ってちょうだい」「おまえにはがっかりだ」……。

怨嗟ばかりだ、と森司は思った。ここには怨嗟と不満と鬱屈が渦巻いている。「どうしておればかり」「悪いのはおれだけじゃない」という、どす黒い負の感情が。

「……川鍋さん、あなたは自分を、社会の被害者だと思っているんですよね」

部長が言う。

「あなたは、保土塚徹平によく似ている。だから〝ササラ先生〟は、あなたを完全には手放さなかった。上京して遠く離れたことで、支配は薄らいでいたのに……夢破れたあなたは、戻ってきてしまった」

川鍋は棒立ちだった。

その横で、楢木がふらりと立ちあがる。

目を見ひらいてはいたが、意識はないように見えた。上体がゆらゆらと揺れている。唇が、かすかに微笑んでいた。

川鍋の思念が、森司の中に流れこんできた。修介伯父とは、また異なる思念だった。修介伯父は悲しみが強かった。しかし川鍋の心は、怒りに満ちていた。

自分を嫌った教授への怒り。かつて自分をいたぶり、馬鹿にした元同級生たちへの恨み。世間体ばかりで、彼を邪険にする親への憤り。

——おれは、あんなやつらとは違うのに。

おれはかつて、人を殺した。つねに川鍋はそう思って生きてきた。おれはおまえらとは違う。人ひとりを殺した。目の前で、確かにその死を見た。

——あのときの力が、もう一度欲しい。

集団だった。高揚していた。ホームレスを柵に追いつめながら、おれたちはひとつだった。あのときの無敵感を、万能感をもう一度手中にしたい。

森司は奥歯を噛んだ。

ようやくわかった。川鍋は操られているのではない。彼は、望んでここに来たのだ。殺したことを、川鍋は微塵も後悔していなかった。それどころか興奮を忘れられずにいた。保土塚徹平より、もっとひどい。川鍋はみずから望んで、ふたたび人殺しになるため今夜この屋上へ来た。

「川鍋さん、あなたは被害者なんかじゃない。不当な扱いなんか受けていない。あなたへの周囲の評価は、とてもまっとうだ」

部長は言いきった。

「帰ってください。あなたや生徒たちが、いつまでも死を――ササラ先生を忘れないから、ここはいつまでも磁場になっている。よくないものを呼び寄せる」

泉水が一歩前へ踏みでた。

楢木少年に「おい」と顔を向ける。

「おい、聞こえるか？　うちの千川教授がな、福祉事務所を通して主犯A、Bの現在を調べたぞ」

少年に話しているのではないと、森司にはわかった。

彼の中にいる、保土塚徹平に泉水は語りかけていた。

「主犯Aが役員をつとめていた会社は、六年前に不渡りを出し、あっという間に傾いた。初代経営者であるAの祖父が他界してから、たった三年後の倒産だった。Aの父親は家と不動産のすべてを手放し、いまは市営団地で細ぼそと年金暮らしだ。なおA本人は、現在行方不明だとさ。借金がらみでヤクザと揉めたという噂はあるが、くわしいことはわからん。中央埠頭の近くにやつの車が乗り捨てられており、肝心の本人はいまだ影もかたちも見つかっていない」

泉水は言葉を継いで、

「次に主犯Bだが、服役中だ。罪状は、未成年に対する四件の監禁致傷。Bは出会い系で知りあった相手を数日間監禁し、暴行する常習犯だった。被害者はいずれも中学生の少年。……わかるだろう？　やつは『尾筒リンチ事件』を再現しようとした。あの事件に取り憑かれていたんだ。量刑は懲役十二年。判決前に離婚した元妻と子は、一度たりとも面会に行っていないそうだ」

　と言った。

「おまえは、ずっと恨んできたんだろう？　『なんでおれだけが』『自分だけが貧乏くじを引かされた』と思ってきた。確かに、この世は平等じゃない。因果応報が必ず訪れるとは限らない。だが生き方を変えない限り、どこかで必ずひずみは出る。ひずんだいびつな人間から、人は自然と離れていくものだ。あの事件にとらわれつづけ、身を持ち崩していったのはおまえだけじゃなかった」

　楢木は応えなかった。

　彼の中にいる保土塚も同様だった。

　だが、やや離れて立つ森司にも、痛いほど彼らの戸惑いは伝わってきた。

「ならき、先輩」

　柵にもたれるように座っていた幹太が、首をもたげる。

「先輩、あんた——前のほうがよかったよ」

　かすれた声だった。だが声音に力があった。保土塚徹平ではなく、幹太は先輩の楢木自身に話しかけていた。

「去年までのあんたのほうが、ずっとよかった。ずっとおれたちに――下級生に、好かれてた。……あんたは、部長たちに気に入られようとばっかしてたから、気づかなかっただろ？　おれたち、前のあんたが好きだったんだよ。なのに、なんだよ……。あんなつまんねえやつらにしっぽ振って、なんでそんなふうになっちゃったんだ……」

語尾が潤んだ。

幹太は震える手を上げ、遥を指さした。

「見ろよ、遥を……。あんた、あれでいいのかよ」

かぶりを振る。

「あんた、遥が好きなんだろ。それで満足なのか。遥があんなふうになって、戻れなくて――。あんた、ほんとにそれでいいのかよ」

「いいえ、いけないわ」

空気を制するような声がした。

はっとして、森司は声の主を見やった。いつの間にか雲が切れ、月が顔を覗かせていた。氷砂糖のように冴え冴えと光る、大きな月だ。

その月を背に、こよみが立っていた。

いや彼女じゃない――。森司は悟った。

あの眼。あの表情。もっと老成し、人生の辛酸を舐めてきた女性の顔つきだ。そう、楢木少年の中に保土塚が、遥の中に伯父がいるように、こよみにも彼女がいる。

「……わたしがわかる？」

　こよみの大叔母は――絹代は、修介伯父に言った。ふっと目を細める。

「理解るわよね。だったら、姪御さんを離してあげて。わたしたち、それをしちゃいけない。――その一線を越えたら、姪御さん、別のなにかになってしまう。あなたが生前、もっとも恐れていたはずの〝なにか〟に」

　教え諭すような口調だった。

「あなたは、姪御さんの中にいて。何十年でも彼女を守っていて」

　遥の瞳が揺れるのを、森司は見た。

揺れている。もはや遥の瞳か、修介伯父の瞳かは判然としない。だが揺らいでいる。

楢木も同様だった。保土塚も同じく、惑って揺れている。

　折れろ、と森司は祈った。誰か一人でいいから、折れてくれ。

　涙壺のときと同じだ。金城一博なしでは武市千草が無力だったように、彼らも一人欠ければ力を失う。条件を満たさなければ、この一夜は不完全なまま幕を下ろす。

「あなた――」

　絹代が言いかけた。

　その前に、影が動いた。

　川鍋だった。力なく立ちすくんでいた楢木を、彼が振りかえる。素早い動きだった。ためらいがなかった。川鍋は少年の薄い肩を、両手で思いきり突いた。

止める間はなかった。楢木の体が、大きく傾いだ。バランスを崩し、柵に背をぶつける。その両足を川鍋が摑んだ。すくいあげる。

楢木少年の体が、柵の向こうへと消えかける。

しかし、両側から伸びる腕があった。

右から伸びた腕が楢木の胴を、左から伸びた腕が両足を捕まえた。しがみつくように抱え、必死に引き戻す。遥と幹太であった。

遥の目に正気の光が戻っているのを、森司は認めた。はじめて会ったときも見た、遥本人の光だ。

川鍋はあきらめなかった。まっすぐ幹太に殴りかかった。だが、泉水がすでに迫っていた。彼に襟首を摑まれた川鍋はよろけ、たたらを踏んだ。コンクリートの床に、あえなく尻を突く。

数秒の間、川鍋は呆然としていた。

座りこんだまま、泉水を見上げ、次いで森司や部長を見まわす。

顔が、くしゃりと歪んだ。

「なんだよ」絞りだすような声だった。

「なんなんだ、おまえら……関係ないだろ、なんで……なんで邪魔すんだよ。せっかく、あの頃に戻れそうだったのに……なんで来たんだよ、なんでなんだよ……」

拳を振りあげる。何度も自分の腿を殴る。癇癪を起こした子供そのものだった。啜り泣きながら、川鍋は自分の足を殴りつづけた。

森司は目をそらした。

夜空を仰ぎかけ、はっと瞠目した。

コの字形をした初浪中学校の校舎は、森司たちの立つ位置からは北側校舎が見下ろせる。その校舎の窓二つに、いつの間にか灯りがともっていた。

倒れていた教師はいま、鈴木と一緒だ。校舎には誰もいないはずだ。

なのになぜ――と思いかけ、森司は息を呑んだ。

視られている。視線を感じた。

そうか、と思う。

これが最後のピースだ。この夜を構成する最後の要員。

ともった二つの窓が、冷えた双眸となって彼らを無言で見上げている。

校舎が――いや、学校が視ていた。

ふだんは眠っている意思。思念が溜まってよどんだ磁場。人の思いが積みかさなって凝り、なにものかを生みだしてしまった地所。

背後で呻き声がした。

どうやら、楢木が目覚めたらしい。遥の安堵の声があがる。幹太が吐息を洩らす。

彼らの声を背に、いまだ森司は立ちつくしていた。

夜はどこまでも濃く暗く、凍えた空気は澱のように重かった。吸いこむと、喉の奥がひりついた。

二つの窓の灯りが、音もなく消える。

われ知らず、森司はかすかに身を震わせた。

エピローグ

『えちご陸協主催・第四十四回冬季市民競技大会』は、予定どおり十二月二十日の午前九時から開催された。

と言っても、正確にはまだ開催時刻にいたっていない。陸上競技場のアナログ時計を、森司は見やった。長針と短針が、八時五十四分を指している。

——あと六分。

森司たちは選手控え室を出て、フィールドに立っていた。

スポーツ公園内に所在するスタジアムに比べ、こちらの競技場は収容人員が大幅にすくない。観客席はベンチシートで、スコアボードも旧式だ。なにより屋根がないため、この季節は寒さがこたえる。

——でも、空が見えるのはいいな。

晴れてくれてよかった、と森司は思った。昨日からきれいな冬晴れだ。見上げた空が、いちめん透きとおるように青い。

記録的暖冬だけあって、芝には雪どころか霜の名残りすらなかった。とはいえ寒いことは寒いので、体を冷やさないよう十二分にウォーミングアップしておかねばならない。冷えて筋肉が縮こまるのは、怪我のもとだ。

「やべ、緊張してきたかも」

「ベンチコート、ぎりぎりまで着とけよ。若くねえんだから無理すんな」

「ここの便所、遠くて不便だよなー」

口ぐちに言い合うメンバーの声を、森司はうわのそらで聞き流した。

本日の競技は、三千メートル走をはじめとする長距離がメインだ。そして森司たちが走るマイルリレー、つまり千六百メートルリレーは最終種目である。

森司はもともと短距離選手であり、リレーならば四百メートルに参加することが多かった。その距離を一人で走らねばならないマイルリレーは、初体験だ。だからして、もっと緊張すると自分でも思っていたのだが。

森司の脳内は、まだ先日の事件で満たされていた。

――結局、男らしいってなんなんだろう。

あの夜、流れこんできた修介伯父の思念。

泥のように濃く、粘性だった。まだ森司の中に、こびりついたように残っていた。

修介伯父は幼い頃から「男だろ」「長男だろう」と言われてきた。ぶつけられるたび堆積(たいせき)されていった言葉が、あのとき怒濤(どとう)のごとく森司を襲った。

男は強くなくてはいけない。甲斐性(かいしょう)がなくてはいけない。男の癖にこんなこともできないの？　男のくせに軟弱なやつだ。女を知れば男は一皮むける。男なら泣くな。男なのに酒も飲めないのか。男のくせに女の味方するのか。オカマかよ。家庭より、男の付き合いを優先させなきゃ。あいつは駄目だ、社会がわかってない。女を従えてこそ男。結婚してはじめて一人前。

　遥の伯父（おじ）と金城一博は、「長男らしくあれ」という重責に押しつぶされた。武市千草は母親らしくあろうとし、悩みもがいた末に壊れた。古舘文音は「好いてもらってるんだから、許して受け入れるのが女の子」と諭された。

　みんな根っこは同じだ。まわりからの、常識面をした価値観の押しつけに苦しんだ。他人が思う〝らしさ〟の圧力に勝てなかった。

　――おれは、そんなのいやだな。

　森司は思った。

　おれも他人からのプレッシャーには、逆らいにくい性格だ。でも――いや、だからこそ思う。そんなのはいやだ。他人が思う〝男らしさ〟の基準じゃ身に合わない。もっとこう、おれ自身にしっくりくる感覚がほしい。

「どうした、八神くん」

　呼ばれてはっとする。間近から永橋が覗（のぞ）きこんでいた。

「もしかして、硬くなってるか？　水飲むか」

「ああ、いえ……」

森司はぼんやりと振りかえり、

「すみません。おれ最近、ずっと考えてることがありまして。……男らしいって、なんですかね？」

「そりゃあ今日勝つことだろ」

永橋が即答する。横から亀和田も割りこんできた。

「そうだぞ。努力、友情、そして勝利だ！　勝つしかない。勝って男を見せろ」

熱い語調だった。いつもの理系然とした亀和田とは、人相からして違う。ベンチコートの衿や袖口の隙間から、ほのかに湯気を発している。

「見せる、かあ……」

生返事をして、森司は首を横に向けた。途端に凝固する。視線が一点に捕らえられ、動かせない。

——こよみちゃん。

観客席の最前列に、こよみがいた。

いつかも見たフェイクファー付きのイヤーマフに、片蝶結びのマフラーだった。周囲から、彼女だけが浮きあがって見える。まるで発光しているかのようだ。古びたベンチシートさえ、神々しく映る。

同じく気づいたらしい永橋が、

「おっ、灘さんじゃないか。観に来てくれたんだな」

よかったな、と森司の肩を叩く。しかし森司は反応できずにいた。呆然とこよみを見つめつづけ、数十秒後、ようやくぽつりと言う。

「永橋さん」

返事は待たなかった。なかば独り言のように、森司はつづけた。

「おれ——あの子に、いいとこ見せたいです」

「おお、その意気だ！」

すぐ脇で亀和田が叫ぶ。

「いいぞ青年、それでこそ男だ。惚れた女の前でいい恰好しなくてどうする。目いっぱいやれ。今日は思いっきり恰好つけろ」

「そうか。……うん、そうですよね」

森司はうなずいた。

そして首をもたげるが早いか、観客席に向かって走った。戸惑ったように瞬くこよみが目に入る。その白い顔を見ながら一心に走り、フェンスの前で足を止めた。

こよみも席を離れ、歩み寄ってくる。まだ戸惑い顔のままだ。怪訝そうに眉根を寄せている。

「灘！」

「八神先輩」

二人はフェンスを挟んで向かい合った。

聞こえづらいのか、こよみがイヤーマフを耳からずらして、

「あのう、藍さんもあとで来ます。道が渋滞してるみたいで、すこし遅れると連絡がありました。わたしは早めのバスで来てしまって……」

「ここで、見ててくれ」

　こよみをさえぎり、森司は言った。

　まわりの喧騒が大きい。かき消されまいと彼女に顔を近づける。柄にもなく、あたりをはばからない声で怒鳴る。

「今日、一位でテープを切れたら――おれはきみを、デートに誘う」

　こよみが目を見ひらいた。

　森司はいったん息継ぎし、つづきを一気に言った。

「クリスマスイヴのデートだ。……おれは今日、きみの前でいい恰好したい。きみに、すこしでもよく思われたい。やっとわかった。おれにとっての男らしさなんて、それで充分なんだ。だから見ててくれ、灘」

「は、はい」

　こよみが慌てたようにうなずく。

　ふたたび二人はフェンス越しに見つめあった。やがて、こよみの表情がふっと緩む。瞳と唇に笑みが浮かぶ。

「はい。見ています。――行ってきてください」

森司はチームメイトのもとへ駆けもどった。

観客席を振りかえり、かるく利き手を上げる。こよみが手を振りかえす。

一部始終を見ていた永橋はじめ、チームのメンバーたちがささやき合うのが聞こえた。

「やべえな、青春だな……」

「今日の勝敗にイヴデートがかかっちゃったよ。若いっていいなあ。おれも学生時代に戻りたい」

「て言うかおれたち、なにげに責任重大じゃねえか？　これ八神くんにバトン渡すまで、絶対転けらんねえ」

「うらやましい……」

最後の一人が呻くように洩らした声を、拡声器の音声がかき消した。

「えー、出場選手のみなさま、これより開会式がはじまります。お集まりください。整列をお願いします。繰りかえします、整列をお願いします――」

雛壇のマイクが派手な雑音を発する。かと思えばハウリングが鳴り、大会実行委員長とおぼしき初老の男が、急いでマイクのスイッチを消す。

「行くぞ、八神くん」

「はい」

永橋にうながされ、森司は所定の整列位置へ小走りに向かった。

気温は高くないはずだ。なのに、まるで寒さを感じない。人波に熱気が満ちている。

じっとしていられないのか、選手の多くが体を揺すっている。皆、うずうずした表情を隠さない。

降りそそぐ冬の陽射しは、清らかなほど澄んでいた。

ハウリングが、ひときわ長く響いた。

引用・参考文献

『表具を楽しむ』池修　光村推古書院
『身体醜形障害 なぜ美醜にとらわれてしまうのか』鍋田恭孝　講談社
『歪んだ鏡―身体醜形障害の治療』キャサリン・A・フィリップス 金剛出版
『子供たちの復讐』本多勝一編　朝日新聞社
『「男らしさ」の心理学―熟年離婚と少年犯罪の背景―』関智子　裳華房
「不安定な男性性と暴力」中村正『立命館産業社会論集』第五十二巻第四号
『ドメスティック・バイオレンスと家族の病理』中村正　作品社
『栃木リンチ殺人事件―警察はなぜ動かなかったのか』黒木昭雄　草思社
『図解雑学　犯罪心理学』細江達郎　ナツメ社
『加害者家族』鈴木伸元　幻冬舎新書
BIGLOBEニュース https://news.biglobe.ne.jp/domestic/0424/jc_170424_4359468603.html
産経ニュース　https://www.sankei.com/world/news/170727/wor1707270049-n1.html

本作は書き下ろしです。この作品はフィクションです。
実在の人物、団体等とは一切関係ありません。

ホーンテッド・キャンパス　最後の七不思議
櫛木理宇

角川ホラー文庫　22261

令和2年7月25日　初版発行

発行者——郡司 聡
発　行——株式会社KADOKAWA
〒102-8177　東京都千代田区富士見2-13-3
電話 0570-002-301(ナビダイヤル)
印刷所——株式会社暁印刷
製本所——本間製本株式会社
装幀者——田島照久

●お問い合わせ
https://www.kadokawa.co.jp/（「お問い合わせ」へお進みください）
※内容によっては、お答えできない場合があります。
※サポートは日本国内のみとさせていただきます。
※Japanese text only

ISBN978-4-04-109679-6　C0193

角川文庫発刊に際して

角 川 源 義

第二次世界大戦の敗北は、軍事力の敗北であった以上に、私たちの若い文化力の敗退であった。私たちの文化が戦争に対して如何に無力であり、単なるあだ花に過ぎなかったかを、私たちは身を以て体験し痛感した。西洋近代文化の摂取にとって、明治以後八十年の歳月は決して短かすぎたとは言えない。にもかかわらず、近代文化の伝統を確立し、自由な批判と柔軟な良識に富む文化層として自らを形成することに私たちは失敗して来た。そしてこれは、各層への文化の普及滲透を任務とする出版人の責任でもあった。

一九四五年以来、私たちは再び振出しに戻り、第一歩から踏み出すことを余儀なくされた。これは大きな不幸ではあるが、反面、これまでの混沌・未熟・歪曲の中にあった我が国の文化に秩序と確たる基礎を齎らすためには絶好の機会でもある。角川書店は、このような祖国の文化的危機にあたり、微力をも顧みず再建の礎石たるべき抱負と決意とをもって出発したが、ここに創立以来の念願を果すべく角川文庫を発刊する。これまで刊行されたあらゆる全集叢書文庫類の長所と短所とを検討し、古今東西の不朽の典籍を、良心的編集のもとに、廉価に、そして書架にふさわしい美本として、多くのひとびとに提供しようとする。しかし私たちは徒らに百科全書的な知識のジレッタントを作ることを目的とせず、あくまで祖国の文化に秩序と再建への道を示し、この文庫を角川書店の栄ある事業として、今後永久に継続発展せしめ、学芸と教養との殿堂として大成せんことを期したい。多くの読書子の愛情ある忠言と支持とによって、この希望と抱負とを完遂せしめられんことを願う。

一九四九年五月三日